【日】田岛伸二 ｜ 著

白云奇谭

常晓宏 胡毅美 ｜ 译

山东教育出版社

另一种童话

曹文轩

　　今年一月，我在日本东京的一家小酒馆见了田岛伸二先生。时间虽然不长，但通过交谈，再通过他的举止和神态，我已清晰地感觉到，他是一个朴素、真诚、厚道而又认真的人。分手后，我就在想：这样一个实实在在的人，他写出的童话作品会是一番什么样的风景呢？回到北京后不久，就收到了山东教育出版社将要出版的他的三本童话作品。因为总是想着他这个人，就于当天开始翻看他的文字，想做一个人与文之对比和验证。而他的文字与他这个人留给我的印象，却有很大的不同。朴素、真诚、厚道、认真等，依然闪现在字里行间，又让我不免有点惊讶地感觉到了他的另外一些品质和情操：富有激情、情怀浪漫、悲天悯人、诗意浓浓、多愁善感。他还是一个哲人。

　　说到童话，我们通常都会往小里想：小蝌蚪、小兔子、小熊、小鸭子、小猫、小狗、小老鼠、小锡人、小豌豆、小女孩。童话的世界往往都是一个个微型世界。在这样一个世界里，童话展开它的想象与叙述。也许这是顺从一个孩子的心理吧，孩子喜欢去那些空间较小的地方。我们可以从日常生活中看到他们乐于光顾的地方，差不多都有空间狭小的特征：小房子、小船……那时，他们将自己想象成国王，而他的国度却只有巴掌大小。殊不知，一个真正的国王会有辽阔的疆土。卡尔维诺曾写过一篇成人童话（我常常将他的小说看成是为成人写的童话），那里面的国王根本就不知道他究竟拥有多少座城池，因为城池太多，所以每次统计的数字都不一致，这使他非常恼火。写给儿童的童话——哪怕是拥有一个星球的小王子，他的所谓星球其实不过就是一片弹丸之地。而当我开始阅读田岛伸二先生的童话时，我对童话的恒定不变的印象瓦解了。他的童话既往小里写，更往大里写，他将童话一下子带进了从前的童话一般不涉足的巨大空间，直至宇宙空间。他也写小狐狸，但似乎更爱写恐龙、大海龟这些巨大动物。无边的海洋、苍茫的天穹、遥远的其他星球，田岛伸二先生的童话世界是无边无际的。他用他的文字，无限制地拓宽了童话世界。他想象力的抛物线是宇宙的距离。他不想停留在小小的也许温馨的一隅，总有上路的欲望，并且是去只有童话世界中的主人公才可能随心所欲地到达的极远世界。那朵白云也许是田岛伸二先生心中最优美的形象。这朵富有象征性的云朵，代表着他的思绪、他的欲望、他的胸怀、他的哲学和美学。飞扬，飘荡，俯视，鸟瞰，他在如此状态中享受了莫大的快意。"云游四海"，他的童话合上了中国这句含有不愿恪守、不愿拘于咫尺之地、只望流浪天下之意的成语。他根本上是个诗人——童话作家最不能缺少的就是诗性，他的诗是写在蓝色的海洋与蓝色的天幕上的，是写在我们还很难确定为何种颜色的外星球上的。

田岛伸二先生的这些视野开阔的童话，构成了童话世界一道新的风景线。

传统童话的主题有一完备的系统。在这一系统之下，童话在不同国家被书写着。真善美与假丑恶的对峙，是童话的基本模式，无论是北欧的童话还是西欧的东欧的美国的中国的日本的童话，差不多都是在这一模式中写就的。传统童话的写作似乎在笃定地说：童话有这些主题就足够了，是不必再有所突破的，也是无法突破的，可以将这些主题一直写下去——它们是永恒的主题。田岛伸二先生的童话固然没有丢弃这些经典性主题，但他没有满足于对这些主题的书写。我们在他的童话中看到了新的主题。这些主题涉及了自然生态、全人类的生存状态、时间与空间等。他用童话思考着以前的童话很少思考的一系列重大的命题。我们在面对他的文字时，会看到一个哲人的身影。他对这个世界的存在，进行着一种哲理性的思考。人类将如何生存？什么样的宇宙才是一个理想的宇宙？生命的最终含义是什么？自然规定的角色是否可以背弃？在这个世界上，事物是否都是千篇一律的，是否"既有明亮的一面，也有黑暗的一面"……他的童话甚至涉及神灵、天堂与地狱、轮回、宗教、偶然性与必然性、语言与存在的关系、因果律等一系列哲学范畴的话题。田岛伸二先生将童话从以前那个司空见惯的主题领域带到了一个崭新的主题领域。这个领域的主题与传统主题领域的主题相比，更具有形而上的色彩，也更具现代性。这是他对童话的特殊贡献。

田岛伸二先生的童话为什么会是这样一种精神广博的童话，可能牵涉他的文化血脉、知识系统等若干复杂因素，其中与他的工作经历也许也有点关系吧。希望在研究他的童话时，不要忽略他曾经的工作经历：他曾在联合国教科文组织亚洲文化中心工作。也许这份工作在一定程度上决定了他思考问题的广度和深度，决定了他的视野。因这份工作，他眼中心中看到的和想到的，自然会放到"人类""全球"之范畴中。

田岛伸二先生的童话还给我留下另一个深刻的印象——"狠劲"。

说到童话，我们更多地想到的是一个温馨的世界。这里，有田园牧歌式的场景，有温情脉脉的情感故事，这里通常不会有激烈的冲突，没有太残酷的事情发生，即使牵扯到变形、毁灭这样极端的事件，那也是以童话的方式处理的。我们并没有因王子变成了青蛙、公主变成了似乎永远也无法醒来的人，或一个善良的人变成了僵硬的石头，而过于伤心和悲痛。我们常将那些美好的事情形容成"童话一般的世界"。田岛伸二先生的童话似乎摆脱了这样的路数。他在充分考虑到这些文字的接受对象为儿童之后，在不可突破他们的心理承受能力的前提之下，采取了与以往的童话大有区别的做法：敢于面对严酷的世界。高迪的海洋是一个充满危机的海洋，白云的视野里有诸多丑恶的事实，而《狐狸阿吉》中的故事几近残忍了。在读这样一篇有着深刻寓意的童话时，我脑海里一直盘旋着这样一个问题：田岛伸二先生为什么敢于这样写？是他所接受的文化中有这样一种敢于面对残酷的精神吗？是他认定了"面对这个世界的残酷我们不能选择回避"之道理吗？也许残酷了一点，但它所产生的冲击力也许更加巨大，它所产生的效应也无疑是积极的、正面的。

关于田岛伸二先生的童话，还有许多话题可说，比如画面感，比如结构方式等。

他的意义在于向我们提供了又一种童话，他的创作实践使童话创作变得更加丰富和立体。

2019年3月25日于北京大学

田岛伸二的童话世界

常晓宏

　　田岛伸二生于1947年，广岛人，毕业于早稻田大学。他拥有很多头衔，比如作家、识字启蒙教育专家、国际识字文化中心（ICLC）发起人等。然而，在广大读者心目中，田岛伸二先生首先是位童话作家。

　　作为童话作家的田岛伸二，出版了《高迪的海洋》《惊奇星球的传说》《白云奇谭》《沉默的珊瑚礁》《狐狸阿吉》《沙漠里的恐龙》《沙漠里的太阳》《大雪山》等一系列童话作品。其中，《高迪的海洋》《狐狸阿吉》《白云奇谭》等主要作品被翻译成英语、韩语、泰语、印尼语、马来语、越南语、老挝语、缅甸语、孟加拉语、乌尔都语、僧伽罗语等27种文字出版。《高迪的海洋》《沙漠里的恐龙》《大雪山》也以绘本形式在许多国家出版发行，多次获奖，广受好评。

　　说起来自国外的童话，我想，对于我们大多数读者来说，一般都会联想到《安徒生童话》《格林童话》《一千零一夜》等名著中的故事。当然，日本的童话故事，我们也并不感到陌生。比如，在我国，宫泽贤治的童话，不但小朋友喜欢，就连成年人都非常喜欢。他的经典童话《银河铁道之夜》，在中、日、美三国的共同努力下，还改编成了动画电影，给孩子们带来了无穷乐趣。

除了宫泽贤治以外，日本近现代有代表性的儿童文学作家，还有秋田雨雀、芥川龙之介、岩谷小波、小川未明、铃木三重吉、新美南吉、山村暮鸟、山本有三等人。虽然国内读者对田岛伸二先生的名字并不是那么熟悉，但是，在日本当代童话作家中，田岛伸二创作的童话具有鲜明的个人特点，独树一帜，可以说开辟了日本童话创作的一片新天地。

"啊——啊——"，一翻开《高迪的海洋》，我们首先听到的就是大海龟高迪的呻吟声。主人公高迪是一只大海龟，它在水族馆里足足生活了30年，早已厌倦了那里的生活。高迪的梦想就是想尽快逃离水族馆，回到真正的大自然中去。因为，大海才是它真正的故乡。高迪在鱼儿伙伴的帮助下，费尽周折，终于逃回了大海。然而，高迪面前的大海，已经不是它记忆中的大海了。海面上到处漂浮着油污，海洋里的生物也由于核试验而发生了变异。面对这样那样的困境，大海龟高迪就像海明威笔下《老人与海》中的老渔夫一样，与人类破坏大自然的行为展开了殊死搏斗。

《惊奇星球的传说》把我们带到了遥远的河外星系，那里有一颗叫作"惊奇星球"的小行星。那是一个纯净美丽的世界，人们的生活很简单，他们认为人生中最重要的事情就是享受惊奇带来的激动。然而，在一支来自地球的火箭造访惊奇星球后，惊奇星球上的生活遭到了彻底破坏。因为来自地球的"礼物"里充满了核废料，惊奇星球上的人们只能选择离开，去寻找另一片净土。

《白云奇谭》是一部借白云之口而抒发作者所思所想的随笔集，其中的素材大多来自作者在印度、巴基斯坦等国家的亲身体验。这部随笔集始于1976年，当时的名称是《云朵梦想录》。蓝天的一朵白云，怀揣着自己的梦想，在世界各地悠然自得地飘来飘去。这朵白云轻松地讲述了它在高空看到的一切，从蒙古的敖包，到意大利的大卫像，再到非洲马赛人的生活。其实，白云讲给我们听的这些故事，之所以如此感人，就是因为它们都源于田岛伸二的真实生活。白云的梦想，其实也代表了我们每一个人所追求的人生理想。

整体而言，田岛伸二的童话既十分贴近我们的日常生活，感人至深，同时也很大气，立意深远，富有同情心和极强的哲理性。人生就是一种体验。田岛伸二拥有非常丰富的人生阅历。在他的童话世界里，充分体现了作者极其强烈的人文主义关怀精神。这些童话故事，给孩子们带来的不仅仅是新奇和乐趣，更能培养孩子们所应具有的一种独立思考的意识，一种国际化的视野，一种包容性的胸怀。

田岛伸二的童话不仅适合少年儿童，也适合成年人阅读。在他的童话世界里，我们往往首先会置身于一个辽远的空间，那里既有广袤的沙漠，也有辽阔的大海，更有浩瀚的宇宙。当孩子们置身于无边无垠的童话世界时，足以开阔眼界，培养大气，练就洪荒之力。他的童话，在悲天悯人的同时，也让我们不断激励自我，挑战自我，追求光明和希望。

放下译笔，凭窗远眺，翻译过程中的酸甜苦辣一起涌上心头。记得作家阎连科在纪念法国翻译家Sylvie Gentil（林雅翎）的文章中写道："是作家，就终生、永远要感谢所有、所有的翻译家。"阎先生和我是同乡，笔者也曾有幸和他共进晚餐。每当读到这句朴实的话，我似乎又看到了阎先生真诚的目光。

我虽然谈不上是一个翻译家，却总是用心去翻译，力图把作者的所思所想百分之百地传递给每位读者。其实，作为一个翻译者，我是不需要作者对我表示感谢的。不管是作者，还是翻译者，其实我们最应该感谢的是读者。正是读者的认可，我们才能一步步坚持下来，顽强地走下去。

翻译过程中，首先要感谢的就是田岛伸二先生的大力支持。不管是语言，还是内容理解方面的问题，只要我提出来，田岛先生总是在第一时间通过邮件回复，并给予我以莫大鼓励。修改译文时，我总要读给8岁的女儿听，看她是否能够听懂。译文几经修改，直到自己满意后，才发给编辑们审校。

翻译这部作品时，家里恰恰喂养了十几条春蚕。感觉疲倦时，便和女儿一起去喂喂蚕宝宝，看着它们一点一点长大。不知不觉间，蚕宝宝长大了，田岛先生的书也最后完成了。

本书出版之际，也正是春蚕吐丝结茧之时。可以说，这部作品凝结了许多人的心血。在这里，还要衷心感谢山东教育出版社的王慧、张林洁、杨牧天三位编辑以及相关人士。正是有了他们的辛勤劳动，本书才能得以顺利出版。

最后，我想说，田岛伸二先生有一颗亮晶晶的童心，我们每个人心中也都有自己的童话世界。希望这些童话，能给我们带来快乐，留下遐想，引起共鸣。让我们也和作者一起回到自己的童话世界里去吧。

2017年父亲节

目 录

第 *1* 章

敖 包

"你知道敖包吗？"一天，在蒙古高高的天空上，一朵白云怡然自得地问道。

可是，没有一个人回应它。因为，在蒙古一望无际的大草原上，看不到一个人。

真是这样吗？不对不对，也不是这样的。当你目不转睛盯着地面看时，就会发现大草原上，到处都搭建着蒙古包。蒙古包是蒙古族牧民们居住的一种房子，就好像是白色的帐篷，星星点点散落在草原上。在那里，放牧着许多绵羊、山羊，还有马匹。

"那时，我在一座大山的高台上，看到有好多小石块，堆积如山。而且，我还发现了像坟墓一样的石堆，小旗子在上面随风飘舞。蒙古人把这个叫作敖包。自古以来，人们就有祭祀敖包的活动，它是人们的心灵支柱。"白云说。

"那时，我看到在那座敖包旁边，有一个七岁左右的小男孩，他正在虔诚地祈祷，人们祷告的神态，无比美好。但是，这个世界上，再也没有什么东西能和小男孩虔诚祷告的样子相媲美了。"

白云的语气干脆利落，它又继续说道：

"小男孩腋下郑重其事地夹着松树枝。他静静地把松枝放在敖包上面后，就围着敖包转了三圈，然后开始祈祷。在称作敖包的石头堆上，堆放着各种各样的物品。从玻璃瓶、废塑料盒、皱巴巴的纸，到曲曲扭扭的钉子，还有生锈的子弹，等等，都是些生活中常见的东西，真是应有尽有。"

白云慢慢地飘来飘去，微风吹过辽阔的大草原，小草在风中轻轻摇动。插在敖包上的小旗子，也哗啦哗啦地响着。蒙古的大草原，沉寂在一片静谧之中。

"谢谢您。我受了重伤，本来以为再也不能骑马了。可是，多亏您保佑，我全都好了。所以，今天，我献上松枝，向您祷告。谢谢您。"

小男孩心中充满了喜悦，他一直微笑着。被称作敖包的小石堆，只是在风中默默地守望着这一切。

"然后……"白云继续往下说。

"时间过得真快呀！那个曾经做过祷告的小男孩已经长大了。某个夏天的一天，他参加了当地举行的赛马大会。而且，他骑着一匹白马，不顾一切地驰骋在大草原上。快跑！快跑！快跑！快跑！那个小男孩已经十岁了。他腾云驾雾一般从敖包旁边跑过去。小男孩骑着马不停地飞奔，飞奔，就像要飞起来一样。太好了，太好了，真棒！在一百多人参加的赛马比赛中，小男孩夺得了第一名。这时候，那个小男孩，不，不对，不应该再把他叫孩子啦，他已经长成健壮的少年了。这个少年的脸上虽然汗如雨下，却闪着明亮的光泽。我永远也忘不了他那兴奋的样子。"白云讲述着，自己也变得闪闪发亮了。

不管怎么说，只要看到闪闪发亮的东西，人们都会感到高兴。但是，不仅是人的一生，在这个世界上，所有的事物都并非千篇一律，既有明亮的一面，也有黑暗的一面。

"当我又飘到敖包上空时，已经离赛马会有一段时间了。"

那个小男孩，现在长成了一个蓄着胡子、十分强壮的年轻人了。那天，这个年轻人眼里含着泪水，一边哭泣着，一边把白马的头骨供奉在敖包上。

你见过白马的头骨吗? 那是特别特别大的颅骨。

"头骨上原来眼睛的部位现在是一个大大的洞。这匹白马在那次赛马大会后，参加了不计其数的比赛，得了很多奖。但是，它由于劳累过度，患了重病，最后还是去世了。这个年轻人为失去白马而感到悲伤，然而还有另外一个悲伤……年轻人的女朋友也离开了人世。"白云说。

"蒙古人对他们珍视的东西以及帮助他们的东西，都会从心里感恩，把这些物品都奉献给敖包。然而，并不是所有的马儿都会有这样的待遇。即便是在帮助他们的马儿当中，也只有他们最喜爱的马儿，才会供献给敖包。没错，刚才还说到年轻人对敖包也献出了他

对恋人的思念。为什么这样做我可不太明白,会不会是因为年轻人,只把对女友的思念放在了心里?

敖包顶上,白马的巨大头骨,在大风中摇来晃去。目送青年远去的大草原上的枯草,也在强风中悄无声息地摇动着。蒙古的大草原上开始刮起了北风,要不了多久,冬天就会来临吧。"

白云说完这些后,就慢慢消失在了戈壁沙漠那边。

第 *2* 章

太平洋幼儿园

[日]田岛和子 | 绘

一天，白云十分高兴地讲起故事来。它说："今天，我正飘浮在广阔的太平洋上空。太平洋一望无际，安静美丽，蓝色的波涛轻轻拍打着岛屿的海岸。海岸上有许多椰子树，在海风的伴奏下唱起了椰子树之歌。海岸对面是一个叫作巴布亚新几内亚的国度。你知道吗？这个国家只有500万人口，却有800多种语言。巴布亚新几内亚拥有丰富多样的文化，每年九月份的'辛辛'（singsing）节，人们都会载歌载舞，欢呼雀跃。今天，我发现了一个隐藏在崇山峻岭中的小幼儿园，它的名字叫高地

幼儿园。巴布亚新几内亚是世界上最后的秘境。在这个国家，能读书写字的人非常稀少，所以，看到位于险峻山峦中的这个幼儿园，我真是开心极了。因此，我决定从空中去看个究竟。能够接触到在大自然中欢蹦乱跳的这些孩子们，我感到无比激动。"

"幼儿园的班级刚开始上课，厚实的黏土地板上铺着好几层柔软的干草。33个孩子高高兴兴地坐在干草上闹来闹去，闹去闹来。天空中到处回荡着孩子们的欢笑声，简直是响彻云霄。"白云微笑着说。

这时，幼儿园的女老师说："孩子们！等会儿我们一起到森林深处去吧。""快点！好了吗？孩子们！那么请闭上眼睛。行了吗？就像平常那样！快点！都好好闭上眼睛。我们一起到你们村子里那枝繁叶茂的森林深处去吧！"

于是，孩子们马上安静下来，他们认真地闭上了眼睛。

白云说："我可真是吓了一跳。因为我很担心，大家闭着眼睛，怎么往森林里去呀？没错！每当孩子们闹个不停时，幼儿园的老师总是这样做才能让孩子们安

静下来。"过了一会儿，老师慢慢地环视着班上的每一个孩子。然后，老师说："快点! 孩子们! 进到森林里后，最先看到的是什么? "老师也紧紧闭着眼睛，轻声细语地招呼着孩子们。

于是，一个叫马龙的高个子男孩说："老师，我发现了一棵很大的树。这棵树又高又大，长着很多绿色的大树叶，还有很多好吃的果子。我不知道叫什么树，森林里太黑了。"老师笑着回答说："太好了! 摘下那些好吃的果实后，一定让老师尝尝呀。""老师! 老师! 我，看到了一只小野猪。我想抓住它，可是它跑得太快了。小野猪好可爱呀。要是能抓住的话，大家就一起养吧。"班里身体最灵活的基利米米抢着说道。

老师微笑着说："对了，孩子们! 森林里有各种各样的生物吧! 请好好看看森林里面。好好看看森林里面的话，你们会看到许多生物吧。可是，孩子们! 现在还不能睁开眼睛，给我好好闭上眼睛。来吧，波纳佩，你都看到什么了? "

于是，班上最小的这个女孩一下子站起来。她紧紧闭着眼睛说："老师! 老师! 我看到了特别漂亮的花

儿。红的，黄的，紫的，各种颜色的花儿，都在森林里开着呢。我一朵一朵摘着花儿，快累死了。老师！快找个人帮我摘花儿。我想多送给老师一些。多漂亮的花儿呀。"

"谢谢！"老师说。

"老师！我走进森林深处，那儿有好多树，我迷路了。我不知道怎么回到村子里去了。"一个体格魁梧的男孩说。

"这可糟了。可是，迷路的时候，怎么办好呢？你爷爷不是告诉过你吗？"

"嗯！"男孩大声回答说，"因为爷爷什么都知道。"

"老师！老师！我发现了亮晶晶的漂亮石子。"班里那个头上总是戴着花的女孩说。

"好漂亮的小石子呀。光线照在上面，一闪一闪的，真晃眼。我想拿它当镜子照，结果不小心脸就碰上去了。"小女孩说完就大笑起来。老师和大家听了，也开怀大笑。欢快的笑声飞过巴布亚新几内亚岛辽阔的高地，飞过深山老林，飞过辽阔的大海，响彻云霄。

"哎呀！太开心了！幼儿园真是一个开心的地方，是孩子们嬉戏的乐园。是啊是啊，正是孩提时代自由自在的玩耍和想象，才让人们的心灵变得更加充实和强大，无所不能。"白云说。

巴布亚新几内亚躺在蔚蓝色太平洋的怀抱中，白云从开心幼儿园的上空缓缓飘过，飘向了复活岛。

白云奇谭

太平洋幼儿园

第 *3* 章

万斯爷爷的木偶戏

[日]田岛和子 | 绘

　　"那个时候，我飘到了一个叫作曼德勒的地方，那里是缅甸的古老都城之一。"白云开始娓娓道来。

　　"曼德勒的王宫旁边，有一条宽阔的护城河，河里满满都是水。河边有一座竹子盖的小屋，里面有木偶戏表演。能让我们看到木偶戏表演的剧团头头儿，就是那位万斯爷爷。万斯爷爷长着小脸庞，但是他那大眼睛却炯炯有神。老爷爷从16岁开始就表演木偶戏。12年前，爷爷用后院的竹子做了一个表演木偶戏的小屋。只要万斯爷爷的手一动，不管什么样的木偶，都能马上活

动起来，就好像有了生命一样，在舞台上欢蹦乱跳。而且，木偶还会鼓励孩子们说：'打起精神来！人生多有意思呀！'但是，一天晚上，我发现万斯爷爷一副无可奈何的样子。"白云放低声音说。

"说起小个子万斯爷爷的沮丧劲儿来……他看起来可是没一点儿精神。"

"啊！为什么大家不来看木偶戏了？是因为没意思吗？不喜欢木偶？想起我小时候，这个世界上再没有比木偶戏更有意思的东西了。和实际生活中的人相比，还是木偶更有趣，可是自从有了电视，大家都远离木偶戏了……"

万斯爷爷深深叹了一口气，这和他的矮小身材可不相称。以前，观众们在这个表演木偶戏的小屋里开怀大笑，那笑声简直就要把房顶震塌了。万斯爷爷有这样一个习惯，他总是喜欢亲眼确认观众人数的多少。但是，由于舞台上的灯光太刺眼，万斯爷爷无法看清观众席上的情况。于是，他常常手搭凉棚，遮住灯光，好确认客人的数量。万斯爷爷的老伴虽然很讨厌他这么做，但是老爷爷一点也没有改变的样子。

白云继续说:"这个世界上,到处都有像万斯爷爷这样出色的艺术家,可是,他们就这样在我眼前一个个消失了。因为不管他们具有多么了不起的才能,随着时代的变化,人们对传统艺术的兴趣就像是退去的潮水一样,渐渐消失得无影无踪。"

看到今天晚上的观众也是寥寥无几,老爷爷失魂落魄地瘫倒在竹子做的床上。"反正是到头了!既然再也撑不下去了,就照老太婆说的,把木偶都卖了吧!怎么说也是没办法了。"

说着说着,万斯爷爷就不知不觉地睡着了。他太累了,陷入了无边的沉睡之中。也不知睡了有多久,老爷爷觉得好像有什么东西在动。他睁开眼睛,低头一看,发现自己的双腿轻盈地在往上提,似乎有什么东西在拉着自己的腿一样,完全不听自己使唤。而且,自己的双手也对着天花板左右张开,好像是在山呼万岁。

"喂喂,等等,我可不是木偶呀!"当万斯爷爷发觉自己变成木偶时,就大声喊起来。原来,操纵爷爷的,是那些爷爷曾经操纵的各种各样的木偶们。老爷爷缠着腰布的腰开始大幅度地左右摇摆起来,双腿

也自由自在地踏起轻快的步伐。

"这样啊，我还真不知道。我的身体上也绑着这么多用于操作的细绳啊…嗯，可是好好想想，不管是谁，都会不知在什么地方，被谁用绳子控制啊。这或许就是人生吧。"

木偶们模仿起万斯爷爷的技法来，惟妙惟肖，它们的手法实在高超。

"好了，好了。我服了，我服了。所以，你们赶紧停下来吧! 求求你们啦，快停下来吧! 我都快累死了……"

老爷爷拼命恳求，可是木偶们却让老爷爷使劲儿跳起舞来。于是，老爷爷就开始表演起他的拿手好戏。成为木偶戏主角的老爷爷，一边剧烈地摇摆着身体，一边持续跳着舞。老爷爷深深吸了一口气，一会儿颤抖着身体呜呜痛哭，一会儿又勃然大怒。老爷爷简直都已经忘记了自己的存在，他尽情地摇动着手脚。就这样，万斯爷爷感到心情舒畅，开心极了。

"哈哈哈哈，太有意思了。一旦活动活动身体，心情也感到无比快乐。想想看，身体还可以安慰心灵……迄今为止，我只是让木偶们跳舞，自己从来没有跳过。

今天晚上我也跳舞了。没错，看到我陷入困境，木偶们反过来安慰我。"万斯爷爷一边跳一边说道。

"电视那玩意儿可不行，它们看不懂人类的表情，只知道一个劲儿地说话。我的木偶戏和电视可不一样。人们和木偶一起跳舞，互相之间都能够理解，还拥有同样的梦想。听着木偶们动听的故事，小孩子们都充满了活力。'打起精神来！人生多有意思呀。'对吧？好了，我还要继续我的木偶表演！"

于是，老爷爷下定了决心。这时，操纵老爷爷的绳子也纷纷散开，老爷爷自己也停下了剧烈的抖动。老爷爷躺在地板上，又陷入了熟睡中。

第二天早晨，天光大亮，老爷爷一睁眼，就看到了挂在墙上一直守望着他的木偶们。

"啊，原来是场梦呀！木偶们，谢谢啦！"

老爷爷比往常更认真地打磨着木偶娃娃。可是，自从做了那个梦之后，万斯爷爷在舞台上的表演完全变了一个样儿。之前的表演总是无精打采，而现在老爷爷拼命地用心去表演。老爷爷脸上的表情开朗极了。观众们也慢慢回来了。然而，老爷爷那个数观众人数的习

惯可没有变。他还是和往常一样，手搭凉棚，在舞台上确认观众人数。

"加油呀！万斯爷爷！你的娃娃们，现在不只是曼德勒，它们的笑容，它们的泪水，是和全世界的孩子们连在一起的。没错，孩子们的梦想世界正在不断地扩展下去⋯⋯"

辽远天空中的白云一边说着，一边哼着歌儿，高高兴兴地向着宽阔的伊洛瓦底江那边飘去。

第 4 章

竹 叶

　　"从高空中望去，什么都能看到。所以，今天一大早，我就一直在斯里兰卡的天空上注视着那个小村庄。对了，斯里兰卡是一座美丽的岛屿，犹如印度洋上一颗璀璨的明珠。"

　　"那是一大早发生的事情。我看到一个头发又黑又长的年轻女孩，走进了村边的一处竹林里。"白云继续说道，"这个女孩为什么会去竹林？我觉得很不可思议。"

　　"那是一个长着大眼睛、瞳孔晶莹剔透的可爱女

孩。可是，其实，因为很小的时候她生了一场大病，所以眼睛几乎失明了。听听她的脚步声，我们就会明白是怎么回事。我就这样从天空看着她。"

她走进村边的竹林，掸掉沾在蓝色莎丽上的露珠，往竹林里张望。她好像听到什么不可思议的声音一样，一动不动地在侧耳倾听。早晨的竹林里到处都是露水，空气清新，竹子也生机勃勃。早晨的阳光斜照进竹林深处，竹叶发出的声音总是能把这个小女孩带进一个充满神奇的世界。竹林里充满了清香，而且有风的时候小竹子们就摇晃着它们的嫩叶，发出沙沙沙、沙沙沙的声音。竹林里到处都是这种声音，每当小女孩听到竹叶的声音，都会高兴地发出会心的微笑。于是，小竹子们就更欢快地摇动着它们的身躯。就这样，不知不觉间，整个竹林的竹叶们都开始了大合唱，响起了它们特有的声音。

"唰唰唰沙沙沙……咻咻咻……唰唰唰沙沙沙……唰唰沙沙……咻咻咻唰啦啦唰啦唰沙沙沙沙沙沙……""啊啊啊啊啊……"女孩说话了。

"是的，就是竹林的这种声音，我小时候，和父亲

一起听过。"女孩说，"爸爸告诉我，嫩竹叶的声音非常美妙。我小时候，这里很安静。人们和睦地生活在一起。"清晨的竹林中，女孩沉浸在她的回忆里。竹林里鸦雀无声，女孩就这样静静地守望着这片竹林。过了一会儿，女孩回去了。回家路上，女孩碰到了一个脖子上长着颗大黑痣的中年妇女。这个中年妇女叫西比尔，就住在附近。她奇怪地打量着女孩问："哎，玛拉，你一大早到底去竹林干什么？"中年妇女一边洗着菜，一边蛮横地说。

"没有……什么也没干。"女孩怯生生地回答。

"喂，我告诉你，你一个小女孩，一大早就往竹林里跑，肯定有什么事，大家都会这么怀疑的。最近都在传你的事呢。"

中年妇女又接着说："你也怪可怜的。为了你在战争中死去的父亲，你可得好好的呀。你家里还有那么多弟弟妹妹，真可怜。"

"阿姨，我……我的耳环掉了……刚才去竹林里找了！"女孩回嘴说。

于是，这个中年妇女不再说话了。

"可是，这一切我全都看到了。"白云说。

那个女孩不是去找耳环。她只是在早晨清新的空气中，去听一听小竹子们摇动的声音。住在附近的那个中年妇女，根本不会理解一个年轻女孩的这种行为。所以，女孩才撒了一个小谎。因为战争，女孩的父亲去世了，她只是想去大自然中追求那份宁静。女孩一边回忆往事，一边说："爸爸最讨厌枪声了。还有人们痛苦的呻吟声、争吵声……比起人类世界的声音来，爸爸更喜欢倾听大自然的声音。他总是微笑着说，自然的声音代表着和平……"

"你听，你听到了吗？"白云问道，"竹林里的小竹子们，在舒服的微风中一起发出竹叶相互摩擦的沙沙声。听，这种声音多么安宁，多么平和——唰唰唰沙沙沙……唰唰唰沙沙沙……唰唰唰沙沙沙……咻咻咻……沙沙沙……"

白云说完，就从斯里兰卡这个小村庄的天空飘走了。它飘过海岸上林立着的椰子树上空，不一会儿工夫，就消失得无影无踪了。

第 5 章

马哈根德吊钟

"我喜欢倾听来自地面的悠扬钟声。"白云不知从哪里飘过来,它在缅甸清澈的天空上这样说。

天空下面是一望无际的绿色大地,看起来十分柔和。

"一次,我飘浮在缅甸上空,欣赏着音乐般的钟声……"在缅甸全境,到处都耸立着古老的和新建的宝塔。宝塔的尖顶直指天空,凝聚着人们对上苍虔诚的祷告。在炎炎烈日的照射下,壮观的宝塔金光闪闪。这时,山岗上传来的钟声格外响亮。

"铛——嗡——""铛——嗡——"

那是仰光大金塔的钟声。可是，这次发出的声音和平常不太一样。为什么那天的钟声是如此悲凉？因为，那是仰光大金塔发出的最后的钟声。

我在天上看到了发生的所有一切。

寺院里那座出名的马哈根德吊钟，正要被运出去。

正确地说，应该是那个被称为"掠夺"的时刻！1826年，和缅甸交战取得胜利的英国军队，看上了缅甸的宝贝。自缅甸国王新古王铸造以来，深受人们喜爱的仰光大金塔的吊钟也未能幸免。

"啊！太过分了，简直没有一点人道。侵略者把人们最珍视的佛祖之心都给抢走了，这帮强盗！"

缅甸的民众们虽然暗地里表达了他们的愤怒和批判，但是当时在战争中胜利的英国人刺刀的逼迫下，所有的宝物都被加紧运到了英国。这不只是在缅甸，对于英国侵略者来说，全世界的宝贝他们都垂涎三尺。

"强者需要集中世界上的所有财富。"这就是英帝国铁的法则。但是，他们抢走吊钟，并不是因为它能发出恢宏的钟声。

　　作为古董，他们才对铜制的马哈根德吊钟感兴趣。那个时代，世界上数不胜数的珍宝都被侵略者掠夺走了。不仅是英国人，法国人、德国人、西班牙人、日本人、美国人……他们都一个德行。埃及的罗塞塔石碑、希腊巴台农神庙的神像、土耳其宫殿里巨大的钻石、印度最高的佛像、中国敦煌的古书、南美印加帝国的金银财宝都遭到了掠夺。还有来自非洲的大量象牙，以及作为奴隶的不计其数的非洲人，都被贩卖到了美国大陆。没错！不管在什么时代，世界上那些手握强权的人，为了满足他们的贪念，总是不断地抢走当地人喜爱的、珍视的宝物。他们这种行为，就像是蚂蚁排着队往自己窝里运食物一样。因此，在缅甸，许多像蚂蚁一样的人渣在疯狂掠夺着。但是，问题来了。仰光大金塔的钟对于他们来说太大太重了。要是说起大钟的重量，那可不得了！有23吨那么重呢，相当于400个成人的重量。其实，最重要的，还是缅甸人对这座大钟所包含的深情厚爱。

　　可能是报应吧，侵略者正要把大钟往停泊在海面

白云奇谭

马哈根德吊钟

上的英国大船里装运时，运送大钟的小船失去了平衡，结果大钟掉进了河里。大钟瞬间就消失在了泥水中。

"啊啊啊啊啊……大钟沉下去了。啊啊啊……"

装运大钟的工人们连声尖叫，惊慌失措。听到消息的英国人极为震怒。实际上，这已经是第二座大钟沉到同一条河里去了。被贪欲迷住双眼的英国人又怎么会去理解缅甸人失去大钟的悲痛，其实，他们也根本理解不了。缅甸人虽然感到很痛苦，但是他们转念一想：

"啊，太好了！大钟没有落到这些强盗手里。大钟一定是不想到外国去的。它不想离开我们呀！"人们心底里暗暗高兴，对沉在河底的大钟仍然念念不忘。可是，把沉在泥沙中23吨重的大钟打捞上来，可不是一件容易事。想想都不太可能。于是，人们绞尽脑汁，背着英国人，使用竹子和木料，偷偷地把大钟从河底捞了上来。就这样，大钟又平安地回到了它原来所在的位置。

"太好了，我们决不会再放弃这座大钟了。"人们下定决心说。

可是，之前沉在河底的另外一座大钟，最后怎么也找不到它的行踪。

又过了好长时间，我再次看到那座大钟时，是2001年的春天。那天，一个父亲带着他3岁的小女儿来到大钟面前，为孩子去世的妈妈祈祷。年轻的爸爸亲切地对女儿说："准备好了吗？你撞钟许个愿吧……不管是什么都行。"

"什么都行吗？"

女儿睁大眼睛问爸爸。

"那么，我好好许个愿！"

女儿凝视着大钟，开始祈愿。父亲也做了祷告。

"希望这个国家能早一天变成人们真正自己的国家！"

然后，父亲把女儿的手放在钟槌上，一起慢慢地撞向大钟。

"铛——嗡——"钟声澄澈而悠扬。听到钟声，女儿大吃一惊，她往后退了退，沉浸在听到钟声的喜悦中。于是，父亲又牵起女儿的手，想再撞一次。可是，女儿却想用自己的小拳头去撞钟。因为她想试试自己的力气。但是，铸铁制成的大钟纹丝不动，默不作声。女

儿只听到了她自己手掌的拍打声。小女孩好像并不满意，她又用手掌认真地拍打起大钟来，一下，一下，又一下……

"是呀！现在，仰光的天空下，时常响起马哈根德大钟的钟声。它不是陈列在外国的博物馆里，而是永远活在缅甸人的心里……"

在白云说到这里时，我们还时不时能听到钟声响起。

你听到了吗？那座大钟的声音。

第 6 章

2100年的机器人

"在人类一手制造的物品中，再也没有比机器人更神奇更可悲的东西了。"

一天，天空阴沉，浮在空中的一小朵白云说。

"公元2100年的某一天，我飘到了亚洲的一个大城市上空，茫然地眺望着城市小巷里的一个垃圾场。到了公元2100年，垃圾场也发生了很大变化。在人类的世界，垃圾这个词语好像已经完全消亡了。所有有可能再生的资源，不管是大的，还是小的，都能马上得以再生利用。但是，人类毕竟还是人类，在人类居住的

地方，一定会存在传统意义上的垃圾场，而且到处都是。对于人类来说，垃圾场好像也像故乡一样值得怀念……"白云说。

"是的，在那条小巷，堆着许多从各个地方运来的垃圾，像小山一样。里面还扔着一个小机器人，它身体里布满了精密的计算机零件。从机器人的脸庞来看，它像是一个年轻的男性。机器人的构造十分精巧，但是它的手脚坏了，脸上和身上都有点脏，两眼直愣愣地盯着小巷里的一角。当然，这个机器人懂人类的语言，能像人类一样自由交谈，只要别超过机器人记忆装置输入的语言范围……"

"我……是……机器人。名字……叫……机器人。谁……来……救救我。我……现在……很……痛苦。救救我。我……不能……走路了。为了活下去……我……需要……能量。"

机器人说话的声音很小，很难让人听到。所以，没有人听到它在说话。还有，因为时间太早，没有人经过这条小胡同。过了一会儿，阴沉的天空开始下起雨来。机器人被雨给淋湿了，但是它仍然不停地重复同样的

话。"我……是……机器人……"

云彩看到这一切，嘟哝着说：

"人类的世界呀，真是一个不可思议的世界。从20世纪末开始，人类拼命地秘密制造克隆人和计算机机器人。这种计算机机器人还不具备人脸特征，但人类已在实验中把机械和分子生物学细胞融为一体。不久，他们把超级精密的计算机植入机器人的脑髓和各个细胞，从而制造出了酷似人类的计算机机器人。"

人类就是这样一种动物，他们总是喜欢听到自己的声音，喜欢忠实地执行自己声音发出的命令。因此，在21世纪以后的历史中，人类用双手制造出了和自己长得一模一样的精致智能机器人。而且，借助智能机器人的双手，又接连制造出了更为先进的机器人。

人类在这些机器人的辅助下，生活也变得非常便捷。于是，那些一成不变没有用处的旧机器人，无法满足人类需求的老版本机器人，都被毫不留情地丢弃，熔化或者重新制造。所以，这样的机器人被抛弃时，它们也会像人类一样，发出痛苦的叫声。许多机器人被无情地熔化了，只有小胡同里的这台机器人，拼尽全身力量，才从回收工厂里逃了出来。

"我……很开心……" V—1009号版本机器人说。

"我……是谁呀？……我的……大脑里……有……许多……快乐的记忆和……想法……可是……我……是谁呀？"

已经变成老版本的机器人不停地在回忆。"我……有谁……知道……我是谁吗？什么……我……都想不起来。"机器人说，"为什么……我要被抛弃？不理解……不理解……"

从2100年小胡同里能够看到市中心，那里林立着超过1000米的高楼大厦。而且，V—100002号机器人在那些大楼里辛勤地工作着。这种版本的机器人和人类长得一模一样，他们还拥有不可思议的记忆和思考能力。没有人知道他们到底是人类，还是机器人。为什么呢？因为自从在人类大脑中也植入微小的记忆和思考装置后，人类和机器人之间的界限就渐渐模糊了。机器人和人类的最大区别就是是否会流汗。机器人体内也有活的人类细胞，因事故失去的手脚可以很简单地被

替换掉，心脏、肝脏、肾脏等器官也可以反复替换。人类的寿命比以前延长了三倍，年龄的计算方法也变得很复杂。还有，现在的机器人的大脑里保存着原始时代以来的所有记忆，所以他们对人类无所不知。

对于机器人来说，"不知道"啦，"不会"呀，像这样的词都是致命的。因为人类最讨厌"不知道""不会"这样的说法了。一旦机器人说了"不知道""不会"，它们瞬间就会被新版机器人所取代。

但是，被抛弃在大楼之间的这台男性机器人，却不停地说着"不知道""不会"。事实上，这台机器人就是因为这样说才会被丢弃的吧。

白云说："人类虽然在大自然中出生，却是第一个拒绝在大自然中生存和自然死亡的生物。生于大自然的人类，在拒绝生老病死这一切的同时，生态环境发生了根本改变，人类社会也由此发生了很大改变。"

大滴大滴的雨水剧烈地击打在机器人身上，机器人浮想联翩。

"我……刚出生时……很开心……但是……现在不同了。出生这件事……太痛苦了。我……也不知道……这是为什么……离开……人的双手的……时候……我……失去了……真正的想象。 机器人……生产了机器人……都是机械……机械……机器人的机械……机器人……机器人……只有……最新版本的机器人……才是最幸福的……"

白云一边听着机器人最后的呼声，一边说：

"在这个时代，对人生感到如此痛苦的机器人已经几乎不存在了。这台机器人的大脑里，可能在输入自然界各种现象的同时，也输入了包括人类痛苦在内的各种感情。所以，才能达到人类和机器人浑然一体的最高境界吧。"

"……如果有来生……我想要……真正的自由……我……不想……再当机器人……我想……像微风……流水……白云那样……永别了。"

说完这些，机器人就闭上眼睛，一动不动了。对生命感到万分痛苦的这台机器人，耗尽了最后一点能量。它的命运在设计时就已经注定了。

"永别了……机器人中拥有最高智慧的机器人先生。"白云说完，就在2100年大城市的上空缓缓消失了。

第 7 章

妈妈的寿司卷

"不管是在哪一个国家，还是在哪一个时代，母亲都是一种伟大的存在。"一天，白云大声说。接着，白云又继续说道："在很久很久以前，我就遇到过不同国家的各式各样的妈妈。每一个国家的妈妈都一样，她们都有相似之处。妈妈们为了养育孩子，总是拼命劳作。为了抚养孩子，洗衣做饭。她们不停地在为孩子操心，努力让孩子幸福。只要人类在地球上存在一天，妈妈的伟大作用就永远也不会改变。我虽然是云彩，但我也特别喜欢善良的妈妈。"白云笑了起来。

　　"有一次，我飘浮到位于日本西部中国山地一个叫作三次盆地的地方。那里，金黄色的稻田一望无际，稻穗在秋风的吹拂下轻轻摇摆。放眼望去，人们都正忙着收割稻子。在一块田地里，有一位妈妈正在炎炎烈日下拼命收割水稻。她的丈夫也在拼命干活儿。可是，这位妈妈每割下一束稻穗，嘴里就嘟嘟囔囔说着什么。这是怎么回事？"白云很好奇，它轻轻飞到她身边。

　　"噢！原来是这样呀，我明白了！妈妈嘟囔的那些话，和她半年前插秧时说的都一样。那时，这位妈妈也是一边在小声说着什么，一边一下一下地插着稻秧。"

　　"啊！听说我的二儿子现在去了遥远的印度，他说是为了学习哲学才去那里的。但是，现在他在异国他乡怎么样啊？为什么他要去像印度那样遥远的国度啊？哲学那么难，他精神上不会出什么问题吧？老二小时候就和别的孩子不一样……不管怎么说，他平安无事回来就好……"

　　这位妈妈说完，又继续说道："三儿子现在正忙着考大学，明天春天也不知道他能考成什么样？"只要他用功学习，就能早点考上大学，这样我们也会放心。

不过，让三个孩子都去上大学，可要花不少钱，真是头疼。大学学费这么贵，孩子爸爸怎么办才好呢。"妈妈皱起了眉头。她越想越多：

"大儿子要是早点儿娶到贤惠的媳妇就好了。听附近的人说，没有比娶个坏媳妇更让人感到糟糕的事情了。要是有好媳妇能嫁过来的话，我真的就放心啦。话说回来，谁家的姑娘能过我们这样小老百姓的日子呀？说到现在的年轻人啊……"妈妈的担心一个接着一个，没完没了。妈妈在田里干着活儿，转眼就到了中午。于是，妈妈大声喊道：

"孩儿他爹! 吃午饭吧。"

然后，妈妈拿出包在包袱皮里的寿司卷，在田垄的草地上坐下来。

"啊，看起来好好吃! "看到寿司卷，我虽然是白云，却也感到肚子有点饿了。

"这个寿司卷真好吃! "爸爸大口大口地吃着寿司卷说，"对我来说，没有什么比吃到寿司卷更让人感到幸福了。"

"你喜欢吃寿司卷啊，咱们家的人都喜欢吃寿司

卷呢。"妈妈回答说。爸爸说："哎呀，时间过得真快呀！我觉得孩子们一下子就长大了。孩子们很努力，也很争气。可是他们现在都离开了家，家里太冷清了。"

"是呀，孩子小的时候，咱们一起去参加小学的运动会，还有文艺表演，多开心啊。割稻穗的时候，肯定会吃寿司卷。和孩子们一起吃寿司卷时，大家都很开心，总是大喊大叫。寿司卷的白米饭里卷着各种各样好吃的东西，在外面裹上紫菜后，拿刀一切，结果总能剩下一小截。就是剩下的这一小截，老二总是期待着去吃……现在，他到底在哪儿呢？他又会在吃什么呢？"妈妈一直很担心老二，她对孩子爸爸说。

"真是这样啊……"爸爸回答说。

"孩儿他娘，孩子们得有一段时间不在身边了，感觉很冷清吧。三个孩子大学毕业了，找到好工作，会带着孙子们回来吧。打起精神来好好干活儿吧！只要让孩子好好学习，他们这一辈子就不会走弯路。我们是平头老百姓，钱要好好用到教育上。是吧，孩儿他娘！说到人生，还是在孩子教育上投资最正确了！"爸爸说。

"他爹，你就是没钱也很有干劲。他爹，这个月家

里花销可够呛。他爹，多吃点寿司卷呀。你还得好好给孩子汇钱呢，好好吃饭才能多干活儿。他爹！多吃点，多吃点！"妈妈笑容灿烂地说。

白云听到他们的对话，也开心地说道：

"啊，太高兴了。为了养育孩子们，不管到什么时候，全天下父母的心情都一样呀。太伟大了！"

白云说完这些话，就慢慢消失在秋日阳光照耀下的中国山地那边了。

白云奇谭

妈妈的寿司卷

第 8 章

包尔人

"我，今天，飘到了印度雅德瓦地区上空。"白云说。

从前天开始，一连三天，雅德瓦的包尔人（吟游诗人）在举行盛大的庆典活动。

那里的水田一望无际，到处耸立着直冲云霄的菩提树。菩提树的根部，供奉着包尔人的保护神——黑天神。用于庆典的广场，很大很大，我有时候会慢慢飘到广场上面，观看人们的庆典活动。

稻田尽头，有一条大河，但是已经干枯了。河底铺满了雪白雪白的沙子，就像喜马拉雅山上的雪景一样，沐浴在阳光下。许多包尔人手里拿着乐器，他们穿过森

林，走过田野，跨过河流，聚集到庆典的广场上。

许多观众和卖东西的人们为了听歌，从四面八方赶到举行庆典的广场来，他们有的步行，有的坐着套着两只水牛的牛车。

广场上有很多舞台，庆典之夜适逢满月。河床上的白色沙子，在月光照耀下，闪闪发亮，就像是梦幻一般。我虽然有时遮住了月光，但也期待着包尔人的音乐。头上缠着各种各样头巾的包尔人，抱着只能奏响一根弦的艾克塔拉，站在舞台上。然后，澄澈的夜空突然响起了美妙的歌声。

"啊，兄弟姐妹们，你们听一听。

我为什么是包尔人？

包尔人的世界里，不用为主人服务。

是人，带来了人与人之间的差别。

所以，在人类世界，没有我们的位置。

我们只供奉神灵，

我们的爱献给神灵，

我们的爱献给这个世界，

这些都在我们的歌声里颂扬。

这就是我们的生活。

所以，我们和大家一起唱歌，

一起跳舞。

啊，兄弟姐妹们。

我成为包尔人，

其实就是因为这个理由。"

满月的月光洒落在菩提树的根部，前来欣赏的人们在歌声中连连点头。有两个包尔人就像是喝醉了酒一样，亢奋地唱着歌。他们跳舞的步子很大，脚腕上系着的铃铛在舞步中响个不停。

"哎，爸爸。"一个小男孩小声说。

"等我长大了，我也想和包尔人一起唱歌跳舞。"

本来小男孩的父亲还笑眯眯的，听到小男孩的话，父亲一下子绷紧了笑脸，他语气严厉地说：

"那种包尔人，我们绝不能去当。我们生来就是最高贵的等级——婆罗门。你听好了，你会在学校拼命努力学习，成为高贵的婆罗门。"

男孩的父亲说完，就一动不动地盯着小男孩的眼睛。可是，小男孩好像有点不服气。看到这一切，男孩的父亲指着在舞台上表演的包尔人的孩子说：

　　"你也要像那个孩子一样，当着大家的面，不知羞耻地唱歌吗？那些孩子们呀，从一生下来就开始唱歌，一直唱到死。这就是他们的宿命。"

　　小男孩听了他父亲的话后心想，自己会不会也能像那个包尔人的孩子一样唱得那么好呢？同时，他转念一想，觉得那样也很丢人。但是，在小男孩的内心深处，包尔人那动人的歌声，已经打上了深深的烙印，无论如何也忘不掉了。

　　沐浴在皎洁月光中的包尔人的孩子，也踏着小小的舞步，在菩提树下跳个不停。孩子们的额头，一点一点地渗出了汗水，就像珍珠一样明亮。黄色的头巾被微风吹拂着，在持续不断的歌声中，雅德瓦的天空很快就要迎来新的一天。

　　"今天真是太开心啦。"白云说完，就在清晨阳光的照耀下，向着大河那边缓缓飘去。

第 *9* 章

大卫像

"一次，我飘到了意大利的佛罗伦萨上空。"

白云怡然自得地说。

"但是，那可是距今四五百年前的事情了。虽说是四五百年，可是对于我们大自然来说，连你们人类打个喷嚏的时间都算不上。这件事就像是今天早晨发生的一样。"白云好像想起了什么，它开始慢慢膨胀，身体变得越来越臃肿，就像是一朵大积雨云。它继续说道：

"那时，佛罗伦萨还是一个自由城邦。市中心有一座宏伟的基督教堂，教堂拥有巨大的穹顶。佛罗伦萨四

周低矮的山丘上，有很多橄榄树，树叶在阳光中闪闪发光，沙沙作响。维琪奥桥下流淌着阿尔诺河，各种各样的船只满载货物，来来往往。

我从维琪奥桥上空，向着维琪奥王宫的高塔那边飘去。这时，我看到人们表情严肃，眼睛里闪着异样的光芒。"

激烈的争吵声，从下面的石头台阶上传了过来。

"如今，正是艺术必须扎根于人们心中的时代。使人们心中充满无穷的希望和坚强的意志，也正是我们艺术家的使命。"

听到这无比自信的声音，我大吃一惊，赶紧低头一看，恰恰看到那里一座大理石雕像刚刚竣工。一个年轻的雕刻家正心满意足地看着雕像，他对簇拥着他的人们朗声说道：

"大卫是块石头，我也是块石头。各位知道吗？现在，佛罗伦萨正在失去自由。你们不会不知道吧。不用战斗去保卫自由，就不可能有自由。"

"可是，米开朗基罗……"旁边一个老人安静地说，"在这个广场上建造大卫像，我觉得很危险，不是每一

个人都深爱着艺术的。听说你雕刻的裸体大卫像冒犯了神灵，不知道有多少市民都用石头砸它。而且……"

老人疑虑的目光落在石阶上，继续说道：

"风吹雨打会加速大卫像的损坏程度，艺术品需要保存好几个世纪，这一点我也很有顾虑。为了后世的人们，我觉得大卫像应该建在宫殿的屋檐下面……"

"不需要，列奥纳多先生。"年轻的米开朗基罗回答的声音更高了。

"对于我来说，在后世的人们看来，艺术品受不受损并不是那么重要。人类自由的灵魂才是所有东西中最宝贵的。如果失去了自由的灵魂，即便大街上到处都是琳琅满目的出色艺术品，也一文不值。如果这座雕像不能矗立在自由的佛罗伦萨市民会议广场前，就没有任何意义。建在人们云集的广场上，不断给予人们战斗下去的力量和希望的，就是这座雕像。"

"听到米开朗基罗激动的语气，围在他身边的人们若有所思，沉默不语。从那以后，也不知道过了有多少年。"白云断断续续地说道：

"佛罗伦萨发生了一场激烈的战争。每天，生长着橄榄树的地里都会响起震耳欲聋的炮声，无数士兵端着刺刀从罗马向佛罗伦萨进军。教堂穹顶上的钟声发疯似的响个不停，城市上空笼罩在不安的阴影中，鸽子们也飞来飞去，不知道该怎么办。城市里面也乱成一团。此时的米开朗基罗是炮兵部队的队长，他站在掩体上发号施令，忙个不停。米开朗基罗愤怒地盯着敌人的阵地，皱着眉头自言自语。"

"现在，佛罗伦萨就要失去自由了。哎，我的大卫像会给人们带来什么呢？"

这时，远离佛罗伦萨的列奥纳多·达·芬奇，正独自伫立在荒野上。他身旁，有一匹白马正在吃草。达·芬奇的视线突然停在了一棵花草上，他像是被什么东西附体一样，开始了素描。那是来自遥远宇宙的灵感。完成花草的素描后，达·芬奇的双眼望向遥远的宇宙，他像是在自言自语。

"可是，我听不清楚他嘟囔了些什么。因为我只是看到达·芬奇的嘴唇在动，但是听不懂他所说的一切。"

白云十分遗憾地讲道。

说着说着，白云就向托斯卡纳平原那边慢慢飘去了。

第 10 章

马赛人的椅子

　　"一天，我慢慢地飘到了辽阔的非洲大陆上空，那里有一望无际的热带大草原。"白云说。

　　"好好看看这里的天空吧，云彩总是一刻不停地在流动。云彩的想法和人类可不一样，它根本就不会停下来休息。它的影子投射在地面上，很大很大一片，总是在慢慢移动。辽阔草原的对面屹立着乞力马扎罗山，我发现有许多马赛人，生活在山麓下，他们养了许多山羊和家畜。"

　　白云继续说道：

"广袤而干旱的大草原上，到处都有长颈鹿和大象在悠闲地吃着草。草原中间，有一条小路。道路旁边，有几家面向游客的商店，出售各种各样的当地特产。来国家自然公园参观的游客很多，他们会来到出售大象、长颈鹿、河马、狮子等动物木雕的商店。除了这些，商店里还有马赛村从前使用的一些生活用品，这些也都是非常宝贵的古董。马赛村很穷，商店里摆放着古代马赛长老们坐过的木椅子。这把椅子价格不菲。有一次，一个来自海外的青年游客刚一看到这把马赛人使用过的旧椅子，就立马喜欢上了它。"

"马赛人的椅子真是太漂亮了，坐起来一定很舒服。坐在这把木椅子上，肯定会幸福极了。马赛人的长老们，每天坐在这把椅子上，都会保持着令人向往的威严吧！"青年游客一想到这些，就高兴地笑了。

经过几番讨价还价，年轻人终于以标价三分之一的价格，成功地买下了这把椅子。年轻人很开心，同时他也廉价买下了一个用于装牛奶的葫芦，这个葫芦看起来像是村子里的一件老古董。年轻人心满意足地抱着这两样东西，路上还访问了一所村子里的小学，学校

的老师和孩子们都出来欢迎他。一踏进学校，年轻人就大吃一惊，因为简陋的教室里连一件像样的教学用具都没有。墙壁上到处是裂缝，孩子们手里连一本教材都没有。教室里有的只是孩子们渴望知识的明亮眼睛。于是，在孩子们的央求下，他讲了各种各样的见闻。

在他出生的日本，有一座3700米高的山峰，叫作富士山。在马赛人的孩子们眼里，也耸立着一座5000米高的山峰，那就是美丽的乞力马扎罗山。马赛人创造的部落文化，经过岁月的沉淀，拥有非常悠久的传统。如何保护这些宝贵的传统文化，是一件非常重要的事情。青年人娓娓道来。老师把他讲的英语翻译成斯瓦希里语，尽可能让孩子们能听明白。孩子们都很开心，他们认真地在倾听年轻人所讲的一切。

年轻人看着孩子们闪闪发光的瞳孔，突然想起了一件事情。

"很久以前，我在德国慕尼黑时，在雪花纷飞的古玩街上看到了许多古董。慕尼黑的许多古董商店收集了来自全世界的宝贝，它们都是历史上的珍贵文物或者价格昂贵的古董。那里有来自非洲、亚洲、拉丁美洲等

世界各地的物品，其中也包括从印度尼西亚运来的传统皮影，这种皮影自古以来就一直在农村流传，即便是现在也还能看到。水牛皮做成的皮影美丽极了，皮影戏的表演主题多为罗摩衍那等古代故事。然而，为什么这么多皮影会不远万里，从印度尼西亚高价卖到慕尼黑的古玩店里去呢？在印度尼西亚的村庄里，每天晚上都能给人们带来快乐的美丽皮影从此销声匿迹……亚洲和非洲的文化在国外高价兜售。这些人类的优秀文化，本应该在产生这种文化的国家，由担负着这些国家未来的孩子们传承。"

年轻人想起他在慕尼黑看到这些古董而倍感愤怒的情形，不由得苦笑起来。

"对了！现在想想，我不也在干同样的事吗？虽然我现在有了钱，也不能把马赛人如此珍视的东西买走啊！我对马赛人的孩子说得好听，但我买走了他们的文化。那可是极宝贵的文化遗产。没错，我必须把椅子还给村里的孩子们！没错，就这么定了！这才是最好的选择！"

于是，这个年轻游客马上对学校的老师和孩子们讲述了事情的来龙去脉，把马赛人的古老椅子和用于装牛奶的葫芦都捐赠给了学校。

　　"孩子们，这是你们村子里产生的宝贵文化。这把椅子是你们父辈的父辈，也就是祖辈们留下的遗产。还有这个装奶的葫芦，是你们母亲的母亲，以及祖母们在日常生活中努力制造出来的。这些物品饱含着他们辛勤的汗水和聪明才智，蕴藏着你们的宝贵文化。我把椅子和奶葫芦放在教室，请大家一起使用吧。"

　　孩子们高兴极了，现场欢声雷动。

　　白云说："从此以后，当我再次眺望非洲乞力马扎罗山附近的那所小学时，发现孩子们的教室里摆放着那位游客捐赠的椅子和奶葫芦，这两件物品也是孩子们引以为豪的宝贝。孩子们有时轮流坐在那把椅子上，他们自由自在地玩耍着。坐在椅子上的孩子，就像长老一样，充满了神圣和威严。"

　　"太好了！非洲宝贵的文化终于传承到了孩子们手中。马赛人所珍视的宝物，也留在了孩子们手中。全世界的人们都不应该忘记这一点。"

　　白云说着说着，就心满意足地在非洲的大平原上慢慢消失了。

第 *11* 章

保安的梦想

"'乔吉达鲁'这个词的意思，你知道吗？"一天，随风飘动的一朵棉花状的小白云问我。

"'乔吉达鲁'在巴基斯坦的官方语言乌尔都语中，是'守卫'或者'警卫'的意思。不管在哪个国家，一些建筑和有钱人的大门前，都会有保安。他们大睁着双眼，时刻保持警惕，看有没有可疑的人接近。今天，让我来讲讲一个老年保安的故事吧。"小白云说。

"有一家有钱人，他们家的房子特别特别高大。宽敞的庭院里，长着许多树木，郁郁葱葱。院子里到处都

是青翠的草坪，还有一个很大的池塘。大门前一个角落的草坪上，坐着一个上了年纪的保安，他陷入了无尽的沉思。"

"尽管如此……"老年保安嘟哝着。

"我已经老了。一眨眼，60年的人生就这样过去了。50年前，我10岁时，从克什米尔出来。现在想想，人生充满梦想的时候，还是在年轻的时候呀。我的人生就快到头儿了。我已经老了，值个夜班都够呛。昨天夜里上班时，不知不觉就睡着了，结果主人很生气。我体力已经不行了，看来快没办法再继续工作下去。以后到底该怎么办呢？怎么活下去呀？想想，这究竟是怎么一回事？我，在自己的人生中，一无所获。就是树叶枯萎了，也能变成枯叶，变成泥土的肥料。可是我呢，连枯叶都不如。我到底都干了些什么呀？我这一生，究竟是怎么一回事呀？"

保安就像是说给自己听一样，他回想起自己的人生，感到十分后悔。

"我要是被施了神奇的阿拉丁神灯的魔法，一下子能变成国王，或者变成有钱人就好了。不不不，还是变成总统吧。"说到这里，保安突然又有了精神，他像是在开玩笑地继续说道，"……算了，算了，就算是施了魔法，只有政客我不想干。这个世界上，再没有什么买卖比这些政客更欲望深重，更会骗人了。我要是有好多好多学问就好了，我想在学校多受点教育。有下辈子的话，我一定要尝尝上大学的滋味。有可能，还是选择去外国留学好。要是上了大学，我肯定能干出点什么成绩来。思想不开阔的话，对这个社会没什么用处。想想看，即便我再为难，要是让儿子去上学就好了。那时，儿子一个劲儿地求我去上学。我要是再加把劲儿，就能凑够儿子去城里上学的钱了，可是……唉，我现在还能听到儿子当时哀求的声音。现在，儿子在中东工作，可是他看起来挺辛苦的，总是说想早点回来。他要是早点回来就好了，唉，要是能让他去上学就好了……"

"即便是这样，我是为了啥才一直当保安的呀？保安这个工作的意义是什么啊？我想起来了，我制服过钻进家里来的几个小偷，还被表扬了呢。年轻时俺很执着呢。那时我还很年轻，可现在的小偷经常带着枪，危险时刻我虽然不会出手，但作为受到社会尊敬的人士

的保安，我还是感到很荣幸的。我总觉得自己也很了不起，似乎也受到了人们的尊敬。然而，那样的人家太稀少了！少之又少！要是保护那些受尊敬人士的生命和财产的话，我也感到很幸福，可是像我刚开始服务的那家主人，他不是一个值得尊敬的人。那时的我真是悲哀那家的主人，是这个国家最有名的政治家。我好几次都听过他在众人面前发表演讲，他看起来可真是了不得。我要是像他那样巧舌如簧，也能当政治家。他太会说话了。他说起话来，怎么会那么让人心动呢？可是，听到的街头巷议，都说他在外国的瑞士银行藏匿了好多金条，多得让人无法想象。他这钱是从哪儿来的呀？那还用说？当然是国家的钱，俺这些老百姓的血汗钱呀！他简直就不是人，我们总是上这些政客的当。"

"即便是这样，提到我的第二个主人，他虽然很有钱，却是个一毛不拔的铁公鸡。他只管我吃饭，可我每天都要不停地工作二十个小时。而且，他还动不动就使劲骂我。这家主人真不是东西，他看人的恶毒眼神都带着不屑。所幸的是，我长着两只耳朵。不想听的事情，总是一个耳朵进，一个耳朵出。哈哈哈，人们不是经常说嘛，有两个耳朵的话，就能得到救赎……"

保安苦笑着，他曾经服务过的主人的事情，不断出现在他脑海里。

"虽然时间不长，但去年我工作的那家日本人还挺有意思的。听那个日本人说，不管怎么样，也要给这个国家农村的孩子们盖好学校。在我这个国家呀，现在和过去一样，农村里一所学校都没有。一到傍晚，这个日本人就准会吹口琴。口琴发出的声音太动听了，真是令人感到不可思议。我现在真想再听一次。他一开始吹口琴，我就想起了小时候生活过的那个克什米尔的小山村，不禁老泪纵横。唉，就是到了现在，想想过去那些美好的事情，也很怀念呀！克什米尔什么时候才能快点实现和平呢？"

上了年纪的保安眼含泪水，陷入了过去的回忆。

"算了算了……以后该怎么办呀？就是回到克什米尔，也没什么地方可去了。我还是这样看着门吧，说不准那一天，俺正打着瞌睡，就断气儿了呢。这就是命呀。不管怎么说，只有祷告才是每天都需要做的……因为我还很担心下辈子自己会怎么样呢。"

老年保安说着说着，就拿出一块发旧的小毯子来，跪在上面准备开始祷告。

飘浮在空中像棉花一样的那朵白云说：

"从那以后，大概过了一周时间，我在院子里再也看不到那个上了年纪的保安的身影了。我也不知道他去哪儿了。另外一个长着黑胡子的年轻保安严肃地站在大门那里。"

白云说完，就一动不动地盯着那个年轻的帅小伙儿看。年轻的保安一副虔诚的样子，他正准备开始祷告。然后，白云就默默地向着太阳落山的地方缓缓飘走了。

第 *12* 章

世界上的王者

"啊，啊，有意思。"

白云愉快地说起话来。

"我听到了地球上许多生物参加的一个大讨论——'这个世界上，最厉害的是谁？'"这场讨论真是太热烈，太热烈了。栖息在地球上的所有生物都被邀请参加到这场大讨论中来。可是，不管是谁，都声称自己最厉害。所以，地球上吵成一团糟！无法用语言表达自己想法的动物们，只能大声哭闹。而且，连跳蚤啦，蚊子啦，还有那些肉眼很难分辨的各种各样的微生物，也都

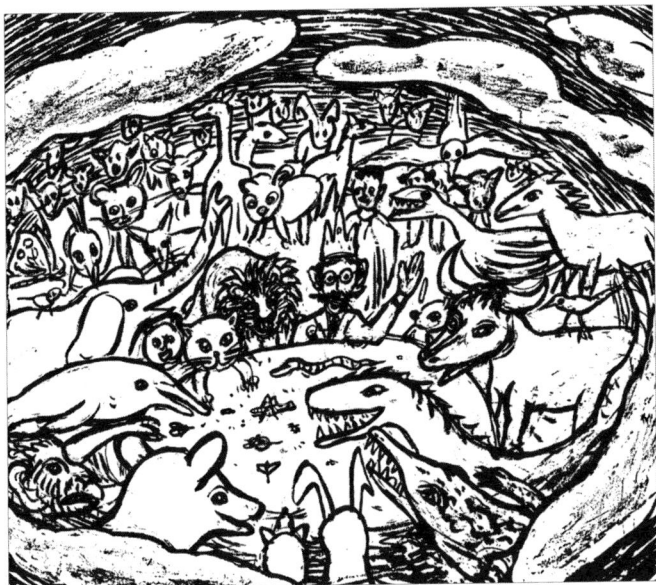

参加了这场讨论。所以，场面一片混乱。

　　"即便如此……"在无休无止的议论中，鸟儿们插嘴说，"咱们都议论这么久了，也该拿出一个结论来了吧。地球上繁殖着各种各样的生物，这个世界上到底谁才是最厉害的呢？总该到决定王者的时候了吧！"

　　"我不是反复说过多次嘛。地球诞生以来，我们病毒才是最厉害的呀。没有比我们这些肉眼看不见的病毒更厉害的东西了。希望动物们能够认识到我们这些肉眼看不到的小不点有多厉害。"

可是，没有一个人认真去听病毒说了什么。

因为谁也看不见病毒。

这时，一只张牙舞爪的大恐龙突然从大沙漠里钻了出来，它大叫着说：

"是我呀！可不能把我忘了呀。看看我你们就明白了！我的实力已经证明过了。说要是不服气，出来打一架？"恐龙一脸狰狞地盯着大家。看到恐龙的巨大身躯，大家发出一阵惊呼，现场顿时陷入了沉默之中。眼看胜负就这样决定了，可是大象却不满地甩了甩它的长鼻子，瓮声瓮气地说道：

"你说的这些都是什么呀！恐龙先生。你太傻了。你就是再怎么强大，两亿年前你的归宿不就是变成化石吗？好汉不提当年勇，你都变成化石了，你说你还怎么展示你的厉害呀？"

没错，听了大象的话，所有人都马上表示同意。大象说的话通俗易懂，很有说服力。大象洋洋得意地扬起它的长鼻子摇晃着。不知从哪里传出这样的声音："到底还是大象身体庞大，又有智慧，谁也比不上它。"但是，牛群立刻给大家泼了一盆冷水：

"大象先生，你不是被关在人类建造的动物园里了吗？你的那些朋友们每天都在被人类驱使吧。喂，你还是好好想想自己的命运吧。有的大象真可怜，它们在马戏团的小帐篷里笨头笨脑地表演杂技，直到死亡……"经人这么一说，大象马上蔫了，就像霜打的茄子一样。就这样，大家默不作声，陷入了长时间的沉思之中。

"那么，究竟是谁最厉害呢？"

"到底还是人最厉害吧。太遗憾了，也就是说，人类才是这个世界上最厉害的。"一只长臂猿说。大家的视线投向坐在角落里的长臂猿。"我最讨厌人了，但是，他们却很聪明。人类很狡猾。因为人类不擅长使用身体，所以他们的大脑才充满了智慧。"

另外一只眼镜猴说：

"你说的或许是那么一回事，可是，人跟人也不一样呀，长臂猿也一样啊。人类里面，比不上长臂猿的人也多的是呀。没错。并不是所有的人都很厉害。厉害的人，弱小的人，和大风战斗的人，弱不禁风喜欢哭的人，什么样的人都有啊。"

"噢，那么最厉害的是谁呢？人类里面最厉害的是谁呢？"

"这还用说？当然是国王了。他们是人里面最有权力的人，国王要是做出决定的话，什么事都能办到。国王那么有权力，现在的总统都没法和他比。你看看，巨大的金字塔、万里长城，全世界都……"

这时，住在沙漠里的虫子们发话说：

"可是，金字塔是国王的坟墓呀，那些都是浮云，都是以前的事情了，在沙漠中哭泣的金字塔。国王那种人，主要是不想死。他们贪得无厌，想继续活在来世，才建造了金字塔。真是欲壑难填呀！而且，万里长城，你觉得是谁建的呢？是那些数不胜数的没有名号的老百姓呀。国王他自己连一块石头都没有碰过。但是，他们现在不都被陈列在博物馆里面吗？国王和恐龙一样，不过是飘舞在风中的尘土和草芥。掌权者不过就是一种比谁都残忍、比谁都虚伪的动物罢了。"

"没错，你真是什么都知道，无所不知。那么，到底谁最厉害呢？人类中最厉害的是谁？"

大家又陷入了长时间的沉思之中。

围在一起的生物里，有一只最长寿的乌龟慢慢说：

"想想看，还是孔子、耶稣、释迦牟尼、苏格拉底这些神圣的人最厉害吧？在这个世界上，他们帮助了很多人，就是过了好几十年，他们也还在传授人们真理，亲身实践着人生中那些最美好的行为。他们的教诲才是永恒的吧。"

"你说什么？骗谁呢！"

住在森林里的动物们来回跑个不停，它们怒吼道：

"你说什么？神圣的人？自然界里，或者说动物的世界里，根本就没有什么神圣的东西，根本也没必要存在。你听好了，人类中那些圣人能达到永恒么？"

"嗯，这一点我可不懂。的确，他们无法达到永恒。即便是教诲，也不是永恒不变的。之前，我认真观察过他们。如果只靠他们一人之力，他们什么都干不成。也就是说，正是因为地球上有很多感到迷茫或者遭受苦难的人，需要圣人去帮助，才给圣人提供了拯救这些人的好机会。圣人应该感谢他们，因为圣人自身是手无缚鸡之力的。"

"那么，就不能说圣人是强者喽。"

"是的，是的。"

听着这样那样的意见，乌龟感到很为难，它又缩回到了甲壳里。

"那么，究竟是谁呢？人类中最厉害的人是谁？"

"也就是说，世界上最厉害的人，应该是孕育了圣人，在迷茫和苦难中生活的那些无数的普通民众啦。正是因为有他们的存在，人类世界才充满了活力。他们虽然很辛苦，但是能够适应现实世界的变化。他们才是创造历史的动力。这才是人类最厉害的秘密所在。你们懂吗？"

"嗯，是吗？不管怎么样，我们先为那些苦难的人们山呼万岁吧。正是有他们的存在，这个世界才如此生机勃勃。正是有他们的存在，这个地球才会变得无比强大。"

森林里的动物们举起双手表示赞成，齐声喝彩。

讨论到这里，生物们已经精疲力尽，大家纷纷点头表示赞同。迄今为止，一直坐在角落那边默默倾听的人，得意地挺起了胸膛。

可是，这时，一直都没有引起任何注意的小老鼠开

始发言了。它颤抖着声音小声说：

"现在，地球妈妈身上得了各种各样的疾病。带来这些疾病的就是人类！大家知道吗？人类在地球上活不下去了，所以他们才开始去探索宇宙。要说人类是这个地球上最厉害的生物，谁会相信呢？他们正想从地球上逃走呢！"

四周一片寂静，鸦雀无声。

"是呀，本应该是地球王者的人类，却不敢去直面自己造成的问题，选择了逃避。他们根本就没什么了不起，是不？"

所有的生物都连连点头。于是，这场大讨论宣告结束，但最后也没有得出任何结论。

从此以后，地球上"谁是最厉害的"这样的讨论，再也没有发生。因为这样的大讨论，没有任何实际意义。

"啊，啊，真有意思！但是，很发人深思呀。生物们的大讨论不会就此结束的。哎呀，好累！"

白云说完，就大大打了一个哈欠，苦笑着慢慢地飘走了。

第 *13* 章

大　海

"遥望大海，波涛汹涌。"白云说话的语气很平静。

"昨天，我随风飘到了濒临孟加拉湾的古城布里上空。布里是一个非常古老的城市，那里供奉着被称为印度教'宇宙之神'的扎格纳特神。布里作为印度教的朝拜圣地非常出名，所以我能从高空看到地面上有许多寺庙，寺庙里高塔林立。广袤的印度大地上，有很多寺庙，不计其数。那天黄昏时分，我的目光投向了海岸那边。"

海岸上，波涛滚滚而来。浪头足足有三个大人那

么高，发出巨大的声响。那时，有两只小渔船从波涛汹涌的大海那边归来。渔民带着椰子树叶编成的三角帽，拼命摇着小小的船桨。突然，大浪铺天盖地而来，渔民从小船上弹起，掉进了大海里。由于渔民落海的地方离岸边很近，所以他们使出浑身力气爬上了小船，驾着小船乘风破浪，终于平安无事地划到了岸边。

海岸上聚集着很多渔民和家人们，因为海浪很大，所以大家都非常担心。

小船到岸边后，就当场被分成了两半。我还是头一次看到能被分开的小船。我仔细一看，发现这一带的船只都是由好几棵粗大圆木组合而成的三体船，船头往往削得很尖。

岸边等待的五六个渔民跑了过来，他们大声喊着号子，把分成两半的小船扛在肩上抬走了。他们强有力的号子声中，似乎饱含着来自大海的无尽悲伤。

"为什么大家今天看起来不是那么高兴呢？"

我很担心，就飘到了小船旁边。

哎呀！我明白了。渔民们分乘两条小船出海，每条船上有两个人，但是现在只有三个人回来了。不对，回来

倒是都回来了，但是有一条小船上躺着的渔民，已经气绝身亡。

去世渔民年迈的母亲，狂喊着奔向沙滩。她刚一看到横躺在小船里的儿子的尸体，就声嘶力竭地放声大哭。

"海里浪很大，我们来到海面上时，被卷进了一个大旋涡里……船翻了，正好砸到他头上，他就这样沉了下去……"

不管是说话人，还是听到这话的人，都泪如泉涌，泣不成声。眼泪就像击打在海岸上的白色浪花一样，四处飞溅。渔民们用白布裹起死者的遗体，沿着海边把遗体运到邻村。他们在那里的海岸边高高架起木柴，焚化了遗体。一股黑烟孤零零地向孟加拉湾上空飘去，大海越发狂怒了。

一场暴风雨马上就要来临了。因为我自己就是云，所以非常了解天气的变化。当冷风袭人时，就一定会有暴风雨。

去世的渔民的骨灰撒进了孟加拉湾。伴随着大海的波涛声，人们嘴里念念有词，不停地为死者祈祷冥福。年轻人唯一的家人就是他的母亲。

"去吧,回到大海去吧,回到大海去吧。

亲爱的孩子呀,只有你,才是我活着的意义。

万事无常,随波逐流。

死者也好,生者也罢,

大海母亲才是我们的故乡。

轮回转世,来生再见……"

大海像是在回应这位母亲的呼唤一样,让海浪拍打着海岸,发出巨大的声音。

"我的到来,也让大海变得波涛汹涌。这位母亲孤身一人,真是太可怜了。我希望给她一点安慰,哪怕是为她下一滴雨也好。那天,我在暴风雨即将到来的高空,一直凝视着这位母亲失魂落魄的背影。"白云说。

第 *14* 章

毛驴的眼睛

一天，天空中那片断断续续的白云说："我看到了在印度一家洗衣房工作的一头毛驴。"这只毛驴不停地眨着大眼睛，看着自己身旁的毛驴。身旁的毛驴又看着旁边另外一头毛驴，另外一头毛驴又看着挨着它的毛驴，大家都很在意其他毛驴干的事情，茫然地互相看着。但是，最后一头毛驴却对身旁的毛驴毫不关心，它若无其事地呆呆仰望着天上的白云。

这头毛驴想了很多很多。比如毛驴的历史，毛驴的生活，毛驴的爱情……还有，总是让毛驴感到无比气

愤的，就是不知道谁说过这样的话："毛驴太讨厌了！因为全世界就数它的眼睛最可怜。""世界历史上，为什么马能登堂入室，而毛驴就不行？"此外，寓言故事里的毛驴也总是长着一副可怜相，用来运输沉重的货物。这头毛驴啊，总是为日常生活中发生的那些鸡毛蒜皮小事而闷闷不乐。这些想法，都能从这头毛驴那无辜的大眼睛里反映出来，它越想越感到苦恼。

从远古时代开始，人们就能从毛驴的大眼睛里，看到这个世界上的万事万物。可是，毛驴可不像人那样能改变自己的命运，还是在人类的驱使下疲于奔命，在洗衣房里发出无奈的叹息。每天早上，洗衣房的毛驴总是最早睁开眼睛，最早开始工作的。主人把许多洗好的衣服放在毛驴背上，让它们运到遥远的湖边去晒干，天天如此。

"可是，大家都知道这些吗？"

白云问道。在这些毛驴中，有很多毛驴都做好了准备。它们不仅仅观察着人类的一举一动，也一直在寻找机会。一旦什么时候逮着了机会，就想狠狠地报复人类一顿。

哎呀，这太可怕了！但是，和人类那些毛骨悚然的极端复仇相比，毛驴的报复可不一样。

"唉，各位人士，请适可而止吧！如果人类也像其他动物那样温和，就不要再这么狠心地折磨我们了！我们的出生，不是为了你们人类幸福的生活，我们是为了自己的人生幸福才来到这个世界上的。因此，没有得到我们同意，人类就驱使我们去干那些重体力活，真是太过分了，早晚会挨我们这些驴子踢的！"毛驴好几次都梦到它去报复人类。不过，在毛驴中，也有毛驴想设法对人类表示感谢，它们从来没有想过要去报复人类。

比如，夏季的某一天，天气很热，阳光十分耀眼。不管是人还是毛驴，都热得头晕目眩。这时，我看到一个孩子解开了一头老毛驴的辔头，让它在旁边的树荫下行走。哎呀，不管什么时候想起这件事，我都感到很开心。那头毛驴心里一定会对善待它的孩子表示感谢。说到毛驴的感谢，就是亲切地冲你眨眼。但是，人们明白毛驴的这种表达友好的方式吗？一旦毛驴被拴上辔头，就什么也表达不了，无能为力。人类拥有语言和双手，虽然毛驴讨厌被人套上辔头，但也只能被人类强行牵着走。想想看，在漫长的历史上，人们总是随意地给各种动物戴上辔头，拉着它们走来走去。人类事先也不打个招呼，毫无道理地随意驱使动物，总是把动物关在笼子里。和他们的这种行为相比，那个孩子的举动真令人感到十分欣慰。这是发生在酷暑时的一件事情。天空上的白云听一头毛驴絮絮叨叨地讲完这些后，就一直看着那头不停眨眼睛的毛驴。

听到毛驴嘴里发出"嗯啊嗯啊……嗯啊嗯啊……"的奇特叫声，白云悄悄地对毛驴说："毛驴先生，多保重！"然后，白云的身影就在喜马拉雅山那边的天空慢慢消失了。

白云奇谭

毛驴的眼睛

第 *15* 章

蓝色的天空下

一天，碧空万里，白云在天上飘来飘去。"一次，我慢慢飘到了阿富汗上空。" 白云说，"我从高空能看到下面的崇山峻岭，虽说我看到的是山，但那里寸草不生，山上净是坚硬的岩石。山谷中有一所不大的小学。学校里有一个很小的操场。"白云接着说："在那个小操场上，我看到一个叫作阿米尔的10岁少年，他凝视着蓝天在做祷告。"

"啊，神啊，让战争早点结束吧。让我的两个哥哥快点从战场上回来吧！一定要让他们活着呀！从我出生

到现在，战乱就一直在持续。我的父母，还有亲戚家和我关系很好的堂兄弟，也都死去了。我最讨厌战争了。我不想当兵，更不想杀人。……等我长大了，我想努力去当足球运动员。啊，神啊，我阿米尔会虔诚祷告的，因为在这个恬静美丽的村庄里，人们经常能听到激烈的枪声和爆炸声。"白云说完，又继续讲下面的事。

那是一个阳光明媚的日子，和好朋友一起玩耍的阿米尔，从操场里跑出来追赶足球时，突然听到一声巨响。他被狠狠地摔在了地上。离操场不远的葡萄地里埋着很多杀伤性地雷。就在这一瞬间，阿米尔失去了意识。等阿米尔醒来时，他发现自己躺在镇里那个小医院的破旧病床上。"啊，太好了！"少年的姐姐阿伊莎喊道。"你醒了？阿米尔，真是太好了。你踩上地雷了，都昏睡两天了。你流了好多血，大家都很担心呢……刚才，叔叔们一直都在你旁边守着呢。"阿米尔看到亲戚们都围在病床周围，他还看到了塔里库、沙希德、法基尔，还有雅各布的笑脸。可是，这时阿米尔感到右腿大腿根一阵钻心的疼痛，他把右手放在右腿所在的位置上。

"啊，没了？啊，我的右腿没了……姐姐，我的右腿

呢？啊呀，我的右腿，怎么没了？"少年马上就明白了他身上发生了什么事情。因为在这个村子里，他已经有三个朋友因为地雷而失去了生命或一条腿。

　　"姐姐，哎呀——我右腿没了。我！……哎呀哎呀……我不能再踢足球了呀！！！哇啊啊啊啊……"

阿米尔放声大哭，泪如泉涌。不管朋友们怎么安慰阿米尔，都无让让他停止哭泣。白云悲伤地说：

"我不太清楚他有多么悲痛。如果你自己不失去一条腿，你就体会不到这个孩子到底有多么悲伤。尽管人的想象力十分丰富，但如果不是自己亲身经历，还是不能真正理解他的悲伤心情。从那以后，我每天都在阿富汗的天空上，透过那家医院的小窗户，看着阿米尔身上发生的一切。"

"姐姐，我一点用处都没有了。"一天，少年大声喊道。

"我不能和朋友们踢足球了，也没办法在村子里干活了，连学都没法上了，我已经没有任何用处了……姐姐！我长大了，只能去要饭吧。不行！我看到大街上有失去一条腿要饭的人。我决不能变成那样！"失去一条腿的阿米尔，日日夜夜都沉浸在痛苦之中。终于有一天，阿米尔想从二楼的病房跳下去自杀。

"阿米尔！哎呀，你怎么那么傻？做这样的傻事！有很多人，他们虽然失去了一条腿，但他们活得都很精彩。"姐姐紧紧抱着躺在大马路上失去意识的阿米尔，她大声哭泣着，眼泪止不住地流下来。幸运的是，阿米尔只是后背受了重伤，他又捡回了一条命。一个月以后，阿米尔终于可以出院了。

但是，阿米尔的性格却发生了很大变化，他就像换了一个人一样。以前，阿米尔比别人都要开朗活泼，现在他整天都心事重重，几乎不和任何人说话。

现在，白云的话也变少了。

可是，一年以后，白云用明快的声音说："啊，太好了！我从空中看到了振作起来的阿米尔。"

有一天，阿米尔通过收音机，收听了邻村举办的电脑讲座。得知此事后，阿米尔的叔叔一边摸着他的山羊胡，一边说："这可不靠谱吧，还要花钱。……你那么小，又失去了一条腿，还能学电脑？你还是算了吧！"虽然这个叔叔说话的语气很严肃，但是阿米尔的姐姐却完全听不进去。

"不行，不管别人说什么，我都要送阿米尔去学习。在大人发动的战争中，很多孩子都失去了生命，失去了一条腿，这究竟应该由谁负责？战争夺去了他的右腿，难道还要夺去他的左腿，甚至剥夺他受教育的权

利？求求你们了！谁来救救可怜的阿米尔？"

姐姐拼命去说服家里的人，在非政府组织（NGO）的帮助下，阿米尔终于能到村里的电脑培训班去上学了。阿米尔很机灵，也很用功。他很快就超过了比他年龄还大的同学，成了班上的第一名。培训班的年轻老师总是鼓励阿米尔，还特意为他开设了英语课程。终于有一天，人们又听到了阿米尔那欢快清脆的声音。

"姐姐，快来看！我现在正用电脑网络和不同国家的人们交流呢。太让人意外了，像我这样因为地雷而失去一条腿或者双腿的人，在全世界竟然有30万人呢。这都是战争造的孽呀……太让人吃惊了！柬埔寨、巴勒斯坦、波斯尼亚……"阿米尔汇报给姐姐说。

"我下定决心了。为了让这个世界不再发生战争，我要好好努力。我刚一在网上发布，全世界的朋友们都立刻回信支持我的这个想法。我想成为一个不需要战争的人。但是，怎么做才能消灭战争呢？老师说了，世界上最重要的事情就是人与人之间的交流。不管出现了什么问题，只要用心去交流，就能消除争斗。是吧，姐姐，是这么回事吧？我要好好努力，让这个世界不再有地雷和战争。"白云看到这一切，也大声鼓励阿米尔说：

"阿米尔！好好努力呀！像你这样的孩子长成大人后，经过不懈努力，阿富汗会发生巨变，走向和平的。"

白云高兴极了，它沐浴在夕阳的光辉下，慢慢从阿富汗的天空飘走了。

114

白云奇谭

蓝色的天空下

第 16 章

老　牛

"这个故事发生在印度北部的农村。我顺路走进了一个叫作博尔普尔的小镇。"天空中白云的声音低低耳语道。

"我发现了一家铁匠铺，铁匠铺正对面有一个小牛棚。牛棚的屋顶上铺着刚刚收割下来的麦秸。今天，我从空中悄悄地往牛棚里看了看。"白云说。

这间屋子里面，卧着一头又老又瘦的牛。老牛都有好几天没进食了，它瘦弱身体下垫着的杂草，也已经有好几个月没人来给换了。老牛无所事事，它只是无精打

采地望着小屋的墙壁。

牛棚的墙壁上，牢牢趴着两只可爱的壁虎，它们骨碌骨碌地转着眼睛。而且，不知为什么，小壁虎在墙角不时发出唧唧的叫声。小屋墙壁上贴着一张绘有湿婆神的画像，湿婆神是印度教里的伟大神祇。不知道是谁把这幅画贴到了这里，画面上的湿婆神，身后是白雪皑皑的喜马拉雅山，他站立在一头神奇的大白牛身上。湿婆神相貌英俊，身材魁梧，驮着他的那头牛威武雄壮，力大无比。啊，真是太美了！大白牛的皮肤很有光泽，闪闪发亮。

老牛一动不动地盯着这幅画，它有气无力地轻轻叫了一声"哞"，然后慢慢说道：

"说说这幅画怎么样？……画面上那头健壮的大牛是照着我的样子画出来的。我年轻时，身体就是那么漂亮。我身上的皮肤闪闪发亮，每天都卖力气地干活。想想看，村子里的田地有一半都是我耕种的。从农户门前的田地到河对面的田地，都是我不停地在……看到我的人，都赞不绝口。"

老牛继续说道：

"所以嘛，那个村子里虽然有很多牛，但是画师特意把强壮的我挑选了出来，画进画里。其他的牛都羡慕得不得了。画师画我这件事，大家都知道得一清二楚。大家那时都看着我，所以我纹丝不动，连眼睛都不眨一下，一动不动地盯着画师。可是我现在快要死了，就要回到湿婆神身边去了。下次托生时我还想耕种同一片田地。如果投胎为其他动物，那幅神圣图画中的我早已得到了永生。啊，永恒的生命啊！"

老牛嘴里垂下无色透明的唾液，它欣赏着那幅画，十分陶醉。白云看到老牛幸福的样子，就在博尔普尔小镇旁边的桑地尼克坦上空停了下来，久久没有离去。白云亲切地招呼老牛说：

"是啊，老牛！你就是到了另一个世界，这幅伟大的图画也会在村子里广为流传。大家永远都不会忘记你这头身强力壮、努力工作的老牛，永远永远。"

老牛奄奄一息。

这时，对面的那个铁匠铺里传出使劲敲打锄头和铁锹的声音。对于经过长年累月的辛勤工作，现在已精疲力竭、横卧在地上的老牛来说，打铁的声音听起来就像极乐世界里发出的音乐一样轻曼美妙。

"叮当、叮当、叮当、叮当……我就要到极乐世界里去了。叮当、叮当……"

老牛说完，安静地闭上了眼睛。酷热的小屋里，只有那两只壁虎，一动不动地看着老牛临终时的样子。

白云说完，就往劳通保利沙漠那边慢慢飘去了。被称作塔尔嘎奇的那种大椰子树，在沙漠的风中不停地摇晃着。

白云奇谭

老牛

第 17 章

达豪的黑烟

"这些事情我还是说出来吧，那样的情景真令人感到极其恐惧和悲痛。"一个冬天，白云在空旷的天空郁闷地说。

"一次，我飘到了欧洲德国的上空。阿尔卑斯山北部的啤酒城——慕尼黑郊外，有一个叫达豪的地方。那里的大平原十分空旷，一望无际。辽阔的平原上长着许多灌木，在凛冽的北风中瑟瑟摇动。以前，当我飘过这样的平原时，总是悠闲地欣赏着平原上的麦田。一看到绿色的麦田，我就会感到心情愉悦。可是，如今我看到

的是三根高大的烟囱，它们并排站立在一起，吐着浓浓的黑烟，令人作呕。我特别讨厌黑烟，那天，我尽量想躲开黑烟飘过去……"白云的表情从来没有像现在这么严肃过。

在达豪的这片大平原上，有一座德国纳粹头子希特勒修建的集中营。许多犹太人就像货物一样，被从欧洲各地运到这里。就因为他们是犹太人，所以就成了迫害的对象。希特勒最憎恨的就是犹太人。犹太人一运到集中营，就被扒光衣服。所有看起来值钱的东西，甚至连假牙上的金牙套，都会被剥夺。纳粹还逼迫犹太人在胸前佩戴黄色的"大卫之星"。犹太人被简单区分为能干活的人和不能干活的人，佩戴有钩十字臂章的士兵对着广场上犹太人的队伍大喊大骂。因为长时间被关在货运列车里，这些犹太人都形容枯槁，又脏又累。他们绝望地看着德国士兵的一举一动，士兵们不停地用食指比画左右方向，如果士兵的食指指向左边，马上就会有极其繁重的劳动降临在他们头上。

这时，我听到一个少女大声说："啊，真是太好了，我不用干活了。"女孩的姐姐被分到了干活那一组，而

她得以幸免劳动，因为她的个头没有姐姐高。她姐姐和其他能干活的人一起，坐上几辆卡车，不知被带到哪里去了。但是，不能干活的人马上被赶进了一个狭小的砖房里。集中营的铁丝网外面，是一条小河。

"太好了，铁丝网那边有条小河呢。"少女一看到小河，就马上告诉身边的另一个女孩。这时，一个身材矮小、趾高气扬的看守从小砖房那边走了过来，他喊道：

"给你们冲个热水澡！一直关在货车里，脏死了。快点，你们这群猪猡，给我排成三队进去！"

人们听到少女大声说：

"我都有三个礼拜没洗澡了。身上都要发臭了，让我们去冲淋浴，这不是做梦吧？"大家相信了看守的话，都很听话，高高兴兴地走进了小砖房。那间屋子有一个厚厚的大铁门，有很多像喷头一样的管子从天花板伸下来。三根高大的烟囱耸立在屋顶上，直指冬日严寒的天空。"然后，我……"白云悲伤地说。

"那里可不是什么浴室，而是希特勒制造的屠杀人们的毒气室。天花板上的管子里，嘶嘶作响，开始喷出白色的气体。瞬间，小屋子淹没在痛苦的惨叫声和祈祷声中。当时这种情景，真可称得上是'人间地狱'。其实，这个世界上本来并没有什么地狱，地狱都是人为制造的。"白云说。过了半个多小时，刚才那个看守打开一扇小窗户，往屋子里面察看。他说："行了，犹太人的淋浴时间结束了。你们这些犹太人呀，想离开这个集中营的话，就只有变成黑烟，从大烟囱里出来这一条路了。"

之后过了很久，战争终于结束了。侵略成性的希特勒被打倒，集中营里幸存的人们也终于得到了解放。

白云讲完这些，再也没有心情说其他的事情了。它绷着脸，一言不发，悲伤地消失在巴勒斯坦的大平原那边。

第 18 章

年轻游客

"今天，我看到了许多贫穷的孩子们。"

一天，白云在高高的天空上，悄悄开口说话了。"有一次，我眺望着远处的一个小餐馆。恒河流淌在广阔的平原上，这个小餐馆就位于恒河岸边一座贫困的小镇里。我还看到许多孩子们，一动不动地趴在餐馆的小窗户旁，往里窥视。虽然餐馆主人的呵斥声不绝于耳，但孩子们完全没有想要逃离的意思。他们等餐馆的主人一走远，就又马上回到窗户边，往里面张望。"

"孩子们到底在窥探什么呢？"

我悄悄往餐馆里面一看，看到一个来自国外的年轻游客，正一个人吃午饭。大热天的，房间里连电扇都没有。年轻人该是饿坏了吧，虽然汗流浃背，但还是大口大口地吃着蔬菜咖喱饭。这位游客吃的东西都很普通，可孩子们，就那么津津有味地一直盯着游客吃饭的样子看。当然啦，这些孩子们的注意力并不在游客身上，他们的眼睛一直盯着盘子不放。突然，年轻游客注意到孩子们在看他，就马上停下吃饭，往孩子那边看去。然后，他慢慢站起来，端着盘子往门口的孩子那边走去，盘子里还剩下一些咖喱饭。"哇！"在一片欢呼声中，孩子们一齐从窗边涌向门口，围住了那个剩有咖喱饭的盘子。

　　"没错，这些孩子都饥肠辘辘，只要有客人点了饭，他们就会一动不动地等在那里吃客人的剩饭。"

　　眨眼间，盘子里的米饭就一抢而光。白云说："其中有个小女孩，她动作太慢了，结果什么都没有抢到。当然啦，别的孩子也不可能吃饱。那个小女孩饿着肚子，盯着空空如也的盘子，一双大眼睛里噙满了泪珠。然后，她抽抽搭搭地开始哭起来。盘子里哪怕有一点咖

喱汁也好啊，可是，盘子已经被别的小男孩舔得干干净净了。现在，空空的盘子上，只有小女孩掉落的泪珠。"

"然后，我……"白云又说。"我在天空飘了好久，经过数条山脉，飘过河流和海洋，在不同国度的上空飘荡。我们白云是没有国界的。一眨眼的工夫，就可以自由自在地到很多国家旅行……"

哎呀，太让人吃惊了，之前我看到的那个年轻游客，现在正在一个发达国家的西餐厅里吃午饭。这家西餐厅很漂亮，有很多客人都带着家人前来。年轻人时而凝视着就餐的客人们，时而把目光投向就餐完毕的餐桌上。客人们虽然离开了餐馆，但是不知道是他们点得太多，还是饭菜不合胃口，总之，餐桌上还剩了好多菜肴。剩下的饭菜从美味的凉菜、鸡蛋，到牛肉、鱼肉都有，甚至还有甜点。可是，来收拾的服务生把这些剩菜都给随手扔掉了。看到这样的情景，年轻人突然想起了他之前在国外旅行时的那顿午饭。

"哎呀，太浪费了！简直是……"年轻人叹了一口气。他说："这个国家，到处都充斥着食物，生活奢华。可是……之前我旅行的那个国家，人们活得那么凄

白
云
奇
谭

年
轻
游
客

惨……这到底是怎么回事呀？那些穷孩子们，围在我吃剩下的蔬菜咖喱饭周围。"

这个国家的孩子生活得太幸福了。而且，他们根本不知道其他国家孩子所面临的严酷现实。如果知道贫穷国家孩子的真实生活，这些发达国家的孩子会大吃一惊吧。或许，也会无动于衷吧。他们会有什么反应呢？唉，即便如此，一旦知道了别人所处的困境，应该也能很容易联想到别人的悲伤和痛苦吧！"年轻人自言自语道。然后，他开始陷入了对未来人生的思考之中。

白云说："是呀，今天真是受益匪浅。人生，是需要在大脑中经过思考才能完善的。眼前这个年轻游客，今后会怎样度过自己的人生呀？他能按照自己的想法塑造自己的人生吗？我在遥远的天空，会好好关注他的人生的……"

白云沐浴在金黄色的美丽夕阳中，它穿过日本海上空，向亚洲大陆那边慢慢飘去。

第 *19* 章

弃老山背篓的传说

"这是很久很久以前的一个传说。哎呀呀，到底是什么时候的事情呢？一天，我飘到了喜马拉雅上空。喜马拉雅被称为世界屋脊，那里耸立着白雪皑皑的群山，直冲云霄。说到那里美丽的风景……"

白云开始说话了。

"可是，今天，我听到从山脚下的原野那边传来一对夫妇的争吵声，简直是没完没了。凡是夫妇吵架的声音，不分时间、地点，也不管是什么事情，只要听到，都会感到刺耳，心烦意乱。"白云苦笑着说。

"今天我听到的，是一个穷人家的老婆欺负她瘦弱

丈夫的故事。她的丈夫很辛苦,手背上到处都是皱纹。"

"喂,你看,咱家孩子的事情,哪怕是一点点,你也想想办法呀。孩子们总是吃不饱饭,你看看!孩子们那么瘦、这可不行!咱们家也没多少吃的了,你得下决心啦!为了减少吃饭的嘴,只能把你年迈的父亲扔到山里面去了。对吧,对吧,你懂吗?"

"别唠叨了。"男主人弱弱地说,"我只有一个爸爸,怎么忍心把他扔到山里去呢?你看看爸爸的样子,他越来越可怜了。他年老体弱,眼神里流露着惶恐,总是害怕被我这个儿子给扔了。唉,我张不开嘴呀。"

"真没用!就是因为这样,我们家才这么穷,一点都没辙!你看看别人家……唉,你得给我想想办法!我已经受不了了!"

女主人大声逼迫着她丈夫说。是啊,这家人确实太穷了,还有那么多孩子,家里总是没什么吃的。每天,把吃的分给九个孩子和他老婆之后,这个男的几乎吃不到什么东西。他总是只把一小块面包放进嘴里,然后就靠喝水填饱肚子。但是,他却会给病弱的父亲递上好几片面包,还有小洋葱。

这一切，他老婆都清清楚楚地看在眼里。

"唉，可是，已经没办法了！再也没有什么好办法了！"

男的对他老婆说，这话好像也是在说给他自己听。

"好吧，明天早上，我来想办法吧……"

他老婆听了，一言不发。

第二天早晨，男的从小棚里取出一个大背篓。背篓是竹条编成的，去干农活时，村里的人都这样背着出去。

男的对他父亲说：

"爸爸，今天咱们到对面的山里去吧。"

父亲听了，闭目冥想了一下，马上回答说：

"嗯，好的。要是你背我去的话。"

儿子听了，一颗心放在了肚里。他本来想，要是父亲问这问那的，他可不知该怎么回答是好。幸亏父亲什么都没有问。可是，父亲好像知道要发生什么。

一想到这些，儿子悲从心起，但他还是把父亲放进了背篓里。

"我走了——"男的对老婆说完这句话，就准备出发。

这时，一个男孩从家里飞奔出来。

"爸爸，你要把爷爷背到哪儿去呀？"

男的听了，大吃一惊，他的心都快要停止跳动了。
他立即说：

"什么？我们到对面那座山里去，很快就会回来
的。乖，你好好在家待着！"

男孩回答说："嗯，好。"

"可是，爸爸要记得把背篓拿回来啊。"男孩又说。

听了孩子的话，爸爸觉得很奇怪，他马上反问道：

"背篓当然要拿回来呀……你为什么这么问？"

"因为，等我长大了，我也会背着背篓往对面那座
山里去啊。"孩子回答说。

孩子爸爸听了，一阵头晕目眩。他眼前浮现出这样
的情景：自己也像孩子爷爷一样被儿子装进背篓，扔到
深山里去。

这时，男的下定决心，他大声叫道，就是为了让他
老婆听到：

"不行，绝对不行！不能把爸爸扔到山里面去！就
是没吃的，也能分着吃，大家可以分着吃。"

"大伙儿活着可真不容易啊，可这个故事还不赖。"白云十分满足。此时，晴空万里，它越过喜马拉雅，飘到了附近的另一个国家——缅甸农村的上空。

"哎呀，吓我一跳。在缅甸，我也同样听到了两口儿吵架的声音。"白云突然说。

缅甸也一样，有一对年轻夫妇，也是为了减少吃饭的人口，正在商量着要把老母亲扔到山里去。女主人语气严厉地责怪她丈夫说：

"喂！你妈这一病不起，什么都干不了，你准备照顾到什么时候呀！咱家有这么多孩子，吃的根本就不够，你懂吗？是该把婆婆带到山里了，没错，带到山里去吧。你听到没？"

这下，一脸忠厚的男主人小声回答说：

"说是这么说，可是，把妈妈扔到山里去……好狠心啊。"

男主人是个大孝子，在他老婆再三催促下，他接连几个晚上都在考虑这个问题。最后，他终于同意把妈妈扔到山里去了。

老母亲看着儿子说：

“好呀，你也长大懂事了，就这样吧。”

“妈妈，对不起！对不起！”

儿子说完，就把母亲放进背篓里，向森林那边走去。儿子想把母亲扔得离家更远一些，他拼命向森林深处走去。他怕离家太近，自己狠不下心来。终于，他带着母亲，走进了人迹罕至的森林深处。儿子把装有母亲的背篓放了下来。可是，他在森林里走得太远了，已经无法找到回家的路了。母亲对团团乱转的儿子说：

“儿子呀，儿子，你别担心。我怕你迷路，其实妈妈我呀，就在来的这条路上，做好标记了。我从背篓里往路上扔了小布片，后来，布片用光了，我就从背篓里伸出手来，折断路上的树枝做标记。你沿着标记走的话，就能顺利穿过这片森林回到家去。没事啦。”

听了妈妈的话，儿子因为伟大的母爱而放声大哭。

“从小时候起，妈妈就总是很担心我。为了抚养自己长大，妈妈不知付出了多少母爱。没有吃的时，妈妈总是自己饿着肚子，让孩子们吃。今天也一样啊。我都要把妈妈扔到森林里了，妈妈还是在心里担心我。她怕我迷路，就在路上做了标记。唉，惭愧，我真是太惭愧了! 我做的都是什么事呀。"

儿子马上把妈妈放进背篓里, 决定带妈妈一起回家。儿子和妈妈在回去的路上, 相互之间那种高兴劲儿, 很难用文字来形容。

"这个故事真不错。你知道吗? 今天, 我在尼泊尔和缅甸, 听到了这些传说。不管在哪个国家, 自古以来, 都有关于弃老山的故事和传说。" 白云说:

"可是, 这种情景, 并不只是存在于那些久远的传说中。我现在看到了二十一世纪的弃老山, 它不是指大山和森林, 而是指缺少亲情的养老院、医院以及亲人之间的那种冷漠, 这样的情景太让人感到无助了。这就是现代的弃老山——你摸摸自己的胸口, 就能感觉得到吧。"

白云接着说:

"孩子的一句话就起了作用, 可不能忽视孩子的存在。是呀, 善恶就在一念之间。正是经过困惑, 才会让你恍然大悟。不知是谁的一句话, 就能改变命运。今天故事中夫妇之间的争吵, 也是命中注定, 祸福相伴。"

说完, 白云就乘风而去, 向台风逼近的孟加拉湾那边缓缓飘去。

第 20 章

宇宙的记忆装置

"在浩瀚无垠的宇宙和大自然中，有一个不为人知的地方。那里，存在着一个巨大的记忆装置。这个装置谁都没有见过，也没有接触过，可是它却详细记忆了宇宙中所有的存在和运动。这个装置虽然巨大无比，却十分精密，即使用电子显微镜也无法发现它。你知道吗? 用人类的语言来形容的话，它就是像巨大'自然和宇宙'中计算机一样的东西。但是，它却无影无形。"

一天，白云就像一个哲学家那样高谈阔论，听不懂它在讲什么。

"这个世界上所有的存在——比如生物——不管是蚂蚁排成的小队，还是厨房里蟑螂的活动，当然啦，人类之间的对话和所有举动，不管是什么样的事情，哪怕是再小的事情，这个宇宙的记忆装置都能详细记录下来。当然，我们现在说的话，也都毫无例外地给记录下来了。可以说，这个装置是宇宙中最神秘的东西，人一生中的喜怒哀乐以及人的理性，都来自于它的神秘性。还有，世界上的时间也起源于这里。"

白云进而说道："有一部分人，自古以来就把这种神秘装置称之为神灵。于是，产生了各种宗教，人们对它加以颂扬、祈祷。就是在现在，有很多人如果离开了信仰和宗教，就无法生存下去。人活着，需要面包、米饭等食物，但是人并非是为了吃喝而活着。在人们的心灵中，如果失去了精神和灵魂，那么人就失去了活着的意义。于是，语言被创造出来，在语言的世界中生存，是人类的宿命。人类通过语言发展了思维，而思维又在人们心中产生了天堂和地狱的区别。不知道神灵存在的那些人们，只能把这一切都归结于宿命。他们战战兢兢，不知所终。还有一些人，试图把这归结于一种偶然

白云奇谭 宇宙的记忆装置

性或者必然性的因果关系，加以科学解释。有因必有果，有果必有因，据说宇宙就是这样形成的。

真是这样吗？不是的，不是的。在大自然和宇宙中，不存在人类所说的那种原因和结果，仅仅只有运动存在。万事万物都是一边运动一边变化，一边变化一边运动的。宇宙就是这样一种存在，所以从整体上才能加以说明。只有人类，才想用时间的尺度截取宇宙变化或者运动的一部分来巧妙利用。但是，从整个宇宙来看，那不是真正意义上的时间。因为，那是只有人类才会创造出来的时间。真正意义上的时间，存在于超越人类意识的宇宙之中。而且，这一切都由宇宙的记忆装置来加以管理。其实，不管怎么说，使用'管理'这个词也并不是那么恰当。可为什么不恰当呢？我也不知道原因，我也只能这么说，因为事实并非如此呀。"

白云又继续说："举例来说吧，人类所有的行为，不管有多么小，也都会被记录下来。不只是外在的行为，就连人类大脑中思考的全部事情，也都会作为人类活动的一部分而加以详细记录。因此，包括人类在内所有生物的事情，哪怕你刻意隐瞒，也都会记录在这个装置内。而且，不知不觉中，就会发展到下一个运动。"

"人类中有很多这样的人，他们心术不良，满脑子都是坏主意，他们觉得自己的行为不会被别人发现，所以就不断去干坏事，丧尽天良。也有人说，虽然想干坏事，但只要不付诸实际行动，也不要紧吧？但是，这些想法和行为，都会以人类无法看到的形式，在宇宙中留下永久记忆。不管它发生在过去，现在，还是将来……另一方面，也有很多这样的人，不管被别人看到或者赞许与否，他们都会心地善良，多行善事。宇宙也会因为有这样人的存在而倍感温暖。你也是其中的一员吧？"白云问道。

"宇宙中的所有行为，都由这个记忆装置加以永久管理。地球诞生时巨大的爆炸声，恐龙时代无数恐龙发出的大叫声，以及人类寻找栖息之地时的大迁徙，还有不计其数的战争，这一切一切，都被记录了下来。当然，蟋蟀的活动啦，蟑螂之间的交流啦……所有的事情都会被记录下来。其实，宇宙和大自然是令人感到敬畏的。人类是无法掌控时间的，但是宇宙能自始至终永远

凝视着人类的发展变化。没错,天上有一双眼睛会永远在审视着你。"白云说。

"白云总是漫无目标地在空中飘荡,没有什么时间概念。"白云说,"所谓目标,就是人类心中那种无穷无尽的欲望。人类会树立目标,放弃目标,改变目标,他们眼中有各种各样不同的时间。"

"你的目标是什么?人活在这个世界上,爱过,痛苦过,然后再离开这个世界。你的人生目标到底是什么?是不是没有什么目标?不是的,在人类社会,如果没有目标的话,只有通过树立目标,才能度过一个真正有意义的人生。这是一件非常重要的事情。因为人类的心灵,就像一颗骨碌骨碌滚动的小石子,容易发生各种各样的变化。人类就像一个渔夫,时常面对着惊涛骇浪的大海。所以,我希望人类有一个永远也不会动摇的坚定目标。你想想看,人类的哲学就一直在思考着这样一个问题:'人是从哪里来?又会到哪里去?'这才是人生中最重要的问题。"

"但是,像这种烦人的问题,我最讨厌了。所以,我就变成了白云,在天空中飘荡。而人类总是不断设立人生目标，或者改变人生目标，被复杂而讨厌的时间所束缚。如果你真的厌烦这些事情，那你自己就变成一朵浮云吧。浮云能随意飘来飘去，永远也不会受时间约束。就像水，像风，像光一样，你自己就是宇宙中所有时间的主人。就像我一样……"白云说完，就飘向高空。它变成了一条卷云，慢慢消失在夕阳中的太平洋彼岸。

雲の語った物語

Text Copyright © 1993, Tajima Shinji (田岛伸二)

AlI rights reserved.

中文简体字版由山东教育出版社有限公司在中国大陆地区独家出版发行

版权代理公司: 北京百路桥咨询服务有限公司

图书在版编目（CIP）数据

　　白云奇谭/（日）田岛伸二著；常晓宏，胡毅美译. —济南：
山东教育出版社，2019.5
　　（田岛伸二作品）
　　ISBN 978−7−5328−9960−9

　　Ⅰ. ①白… Ⅱ. ①田… ②常… ③胡… Ⅲ. ①儿童故事—图
画故事—日本—现代 Ⅳ. ①I313.85

中国版本图书馆CIP数据核字(2017)第215385号

山东省著作权合同登记号：图字 15−2017−344

BAIYUN QITAN

白云奇谭

主管单位：山东出版传媒股份有限公司　　　开本：890mm×1240 mm　1/32

出版人：刘东杰　　　　　　　　　　　　　印张：5.25

出版发行：山东教育出版社　　　　　　　　字数：73千

地址：济南市纬一路321号　邮编：250001　版次：2019年5月第1版

电话：(0531)82092664　　　　　　　　　印次：2019年5月第1次印刷

网址：www.sjs.com.cn　　　　　　　　　　印数：1−5000

印刷：山东临沂新华印刷物流集团有限责任公司　定价：25.00元

（如印装质量有问题，请与印刷厂联系调换）印厂电话：0539−2925659